Jane Crilly

Der Gärtner von Wimbledon

Roman

Aus dem Englischen von
Julia Becker

Kampa

Der Titel des englischen Originals lautet
The Head Gardener of Wimbledon.

Für den Blick hinter die Verlagskulissen:
www.kampaverlag.ch/newsletter

Der Kampa Verlag wird in der Schweiz vom Bundesamt für Kultur
mit einem Strukturbeitrag für die Jahre 2021–2024 unterstützt.

www.kampaverlag.ch
Covergestaltung: Lara Flues, Kampa Verlag
Covermotiv: Vito Ansaldi © Kampa Verlag
Satz: Tristan Walkhoefer, Leipzig
Gesetzt aus der Stempel Garamond LT / 230170
Druck und Bindung: Friedrich Pustet, Regensburg
Auch als E-Book erhältlich
ISBN 978 3 311 10046 1

Der Gärtner von Wimbledon

Es heißt nicht umsonst englischer *Rasen. Kein anderes Land der Welt macht so ein Getue um das perfekte Grün, auch wenn es vor den endlosen Londoner Reihenhäusern oft nur einige wenige Quadratmeter misst. Akkurat geschnitten muss der Rasen sein und polsterweich, grün leuchten soll er, jeder Halm in Reih und Glied stehen wie die Queen's Guard. In England ist der Rasen die Visitenkarte eines jeden Hauses.*

Auf der Visitenkarte von Henry Evans steht schlicht Head Groundsman, *darüber:* All England Lawn Tennis and Croquet Club. *Henry Evans kümmert sich um den berühmtesten Rasen der Welt, das Nationalheiligtum Großbritanniens: Wimbledon.*

Jeder Tennisprofi träumt davon, einmal auf dem Centre Court, der 1922 von König George V. eingeweiht wurde, zu spielen. Wimbledon ist das älteste Tennisturnier der Welt und das einzige der vier Grand-Slam-Turniere, das auf Rasen gespielt wird. Jedes Jahr Ende Juni sind zwei Wochen lang die Augen von Millionen von Zuschauern auf den Rasen der Rasen gerichtet.

50 Jahre lang hat sich Henry Evans um das exakt acht Millimeter lange Grün gekümmert. 50 Jahre lang war er der Gärtner von Wimbledon. 18 Meisterschafts- und 22 Trainingsplätze fielen in seinen Zuständigkeitsbereich. Unterstützung erhielt er zuletzt von 19 Rasenmähern, sieben Walzen und einer Durchlüftungsmaschine – und einem Team von 15 Männern und seit zwei Jahren auch einer Frau.

Den Rasen des Centre Court hat Henry Evans jeden Herbst höchstpersönlich neu angelegt, ihn jede Woche dreimal gemäht und seine Festigkeit gemessen, um ihm die optimale Menge an Wasser zuzuführen. Während des Turniers wird der Rasen sogar täglich gekürzt – um exakt zwei Millimeter. Nicht weniger wichtig: die gleichmäßige Farbe und Dichte und die genau 91 Zentimeter breiten Rasenmäherstreifen. Um ihn vor unliebsamen Besuchern zu schützen, umgibt den Rasen ein elektrischer Zaun, und er wird nachts bewacht.

Henry Evans kennt diese Zahlen und Fakten in- und auswendig. 50 Jahre lang war er der König des Rasens, hat ihn mit speziellen Decken vor Kälte geschützt, ihn gebürstet, damit sich die Halme aufrichten und sich die Feuchtigkeit nicht staut, und die Löcher geflickt, die die bis zu 200 km/h schnellen Aufschläge hinterlassen haben. Dazu benutzt er eine Paste aus lehmiger Erde und Wasser, deren Konsistenz er über die Jahre hinweg perfektioniert hat.

Jetzt geht Henry Evans in Pension. Er hätte sich schon viel früher zur Ruhe setzen können, aber Evans wollte sich nicht verabschieden von »seinen« Tennisplätzen. »Interessant« nennt er die Begegnungen mit der Queen, den Spielern, Filmstars und Politikern, aber eigentlich interessiert Henry Evans sich nicht sonderlich für Rasen. Und nicht für Tennis. Wimbledon hat eine ganz eigene, ganz besondere Bedeutung für ihn …

Aus einem unvollendeten,
nicht publizierten Porträt

I

Über die Liebe

Ich bin 27 Jahre alt und wohne in Hackney, London über einem indischen Restaurant mit Lieferservice. Ich habe seit zehn Tagen mein Einzimmerapartment nicht verlassen und ernähre mich ausschließlich von Nummer 4: Chicken Curry. Vor einem knappen Jahr bin ich von Nottingham nach London gezogen. Es begann mit einer Kurzgeschichte, die ich geschrieben habe: »Über die Liebe«. Eine wahre Geschichte, die mir mein damaliger Mitbewohner Bird erzählt hatte. Seine Geschichte. Ein Autounfall: Sie hatten das Wochenende bei Freunden verbracht. Lisa hatte aufbrechen wollen, die Fahrt nach Hause dauerte drei Stunden. Aber Bird hatte sich nicht losreißen können. Wollte noch eine Partie Poker spielen. Noch einen Hotdog essen, noch einen Witz erzählen. Es ist Nacht. Er fährt, Lisa schläft auf dem Beifahrersitz. Er ist hundemüde, sie hatte wie immer recht: Sie hätten früher aufbrechen sollen. Für den Bruchteil einer Sekunde fallen Bird die Augen zu. Der Wagen gerät ins Schleudern. Er kommt mit einer einzigen Schnittwunde davon. Lisa stirbt. Bird träumt jede Nacht von Lisa. Wenn er aufwacht – für ein paar Sekunden –, ist Lisa lebendig, der Unfall ist nie geschehen. Und er sagt, was er ihr so selten gesagt hat: Ich liebe dich.

Bird hat die Geschichte ohne mein Wissen an die *Paris Review* geschickt.

Die *Paris Review* hat »Über die Liebe« gedruckt.

Dann kam der Anruf. Ein neues Magazin: *The Greatest*. Eine Mischung aus *Interview*, *Atlantic* und dem *New Yorker*. Ob ich mir vorstellen könnte, eine Kolumne zu schreiben. »Über die Liebe« würde sie heißen.

Edgar Parsons, der Chefredakteur des Magazins, hatte meine Geschichte gelesen und sich sowohl in die Story als auch in meinen Schreibstil verliebt.

Mein Herz raste wie verrückt, während ich Mr. Parsons' Fragen beantwortete.

Was ich sonst noch geschrieben hätte?

Nichts.

Was ich zurzeit mache?

Ich habe Geschichte studiert und arbeite im Moment für eine Cateringfirma. Nur vorübergehend, bis ich … bis ich weiß, was ich eigentlich will.

Ob ich plane, ein Buch zu schreiben?

Nein, ich … vielleicht, also, darüber habe ich noch nie nachgedacht.

Die Wahrheit war, dass ich gar keinen Plan hatte. Ich hatte Ideen, die von Im-Zoo-Arbeiten bis Eine-Bar-Aufmachen reichten. Jedes Mal, wenn ich eine neue Idee hatte, war ich für ein paar Tage, manchmal Wochen überzeugt, dass ich endlich wusste, was ich mit meinem Leben anfangen will. Aber die Ideen blieben Tagträume, herrlich zuerst, dann schlichen sich Zweifel ein. Die Zweifel wuchsen, bis ich das Ganze verwarf.

Ob ich mir vorstellen könnte, in London zu leben?

Ja.

Das Konzept für die Kolumne war einfach: wahre Liebesgeschichten. Ich interviewe Menschen in London – auf der Straße, in Cafés, in Parks, in Museen – und frage sie nach ihrer Liebesgeschichte.

Dank Mr. Parsons hatte ich jetzt eine Antwort auf die Frage: Was machst du?

Ich bin Cara Marie Gibson, Autorin einer Kolumne.

Eine Antwort, die keiner Rechtfertigung bedurfte, eine Antwort, die ich selbstsicher und stolz geben konnte.

Fast ein Jahr lang.

Edgar – mittlerweile duzten wir uns – lud mich zum Essen ein. Wir müssen ein paar Dinge besprechen, hat er gesagt. Ich habe mich gefreut. Ich dachte an eine Gehaltserhöhung. Er sah angespannt aus. Während er redete, hatte ich Schwierigkeiten zu begreifen, was Edgar mir da gerade mitzuteilen versuchte.

Magazin umstellen ... politischer werden ... nicht seine Entscheidung, er persönlich liebe meine Kolumne, aber der Herausgeber will etwas anderes ... Zeitgeist ... Wahlen, Konflikte, Kriege.

»Ich soll über Politik schreiben?«, fragte ich.

»Nein. Wir werden ›Über die Liebe‹ einstellen.«

»Und was ist mit mir?«, habe ich gefragt.

Edgar hat versprochen, an mich zu denken, falls sich etwas ändere. Vielleicht könne er mir ein paar Aufträge zuschieben.

»Du solltest ein Buch schreiben, Cara«, hat er gesagt.

»Über Kriege?«, habe ich gefragt.

»Nein, über die Liebe«, hat er gesagt.

»Scheint ja nicht mehr dem Zeitgeist zu entsprechen …«

»Ach Cara«, hat er gesagt und mir dann unendlich viele übertriebene Komplimente gemacht. Grandios hat er meine Art zu schreiben genannt, den Zugang, den ich zu Fremden finde.

»Und trotzdem feuerst du mich«, habe ich gesagt.

Zurück zu Hause, fühlte ich einen Überschuss an Energie. Ich lief in meinem winzigen Apartment auf und ab. Rasende Gedanken: Ich muss jemanden anrufen, Tom, meine Eltern, Gaby, Chris. Ich muss jeden, den ich kenne, anrufen und ihm sagen, dass ich nicht mehr Cara Marie Gibson, Autorin einer Kolumne, bin.

Ich brauche eine neue Idee. Vielleicht war ein Job im Zoo doch genau das Richtige. Ich könnte Tiermedizin studieren. Dafür war es doch noch nicht zu spät.

Oder tatsächlich ein Buch schreiben?

Führungen durch London geben. Immerhin habe ich Geschichte studiert.

Wie soll ich meine Miete bezahlen? Soll ich zurück nach Nottingham ziehen? Wieder in der Cateringfirma arbeiten? Hunde dressieren? Ich hatte noch nie einen Hund. Aber meine Freundin Gaby. Und Gabys Hund Simpson mag mich, obwohl Simpson niemanden mag – außer Gaby.

Ich ließ mich auf mein Bett fallen, ich rief niemanden an. Meine Beine waren schwer, und mein Kopf war leer.

Am nächsten Tag blieb ich im Bett liegen, und um Punkt 12 Uhr – die Öffnungszeit des indischen Restaurants – bestellte ich Nummer 4.

»Ah, Cara, abholen in zehn Minuten«, hat Shamial gesagt.

»Kann jemand es hochbringen?«

»Kostet drei Pfund fünfzig extra.«

»Ja.«

»Cara heute faul?«, hat Shamial gefragt.

»Ja.«

Seitdem sind zehn Tage vergangen. Zehnmal Chicken Curry. Zehnmal drei Pfund fünfzig extra.

Ich fühle mich noch nicht bereit, irgendjemandem vom Ende meiner Kolumne zu erzählen. Das Handy hatte ich aus- und den Anrufbeantworter des Festnetz-Anschlusses angestellt.

Ich sollte zumindest meine Mutter zurückrufen. Morgen.

Das Telefon klingelte.

Ich bin zurzeit nicht zu Hause, hinterlasst mir eine Nachricht nach dem Piepton.

»Cara, hier ist Edgar, ruf mich …«

Ich griff nach dem Hörer. »Hallo?«

»Ah, Cara, du bist da. Wie geht es dir?«

»So na ja …«

»Was machst du am Wochenende?«

Ich wusste nicht einmal, welcher Tag gerade war. Nummer 4 und im Bett liegen. »Ich …«

»Ich habe einen Job für dich.«

Einen Moment lang habe ich geglaubt, dass ich meine Kolumne zurückbekomme.

»Er heißt Henry Evans. Der Gärtner von Wimbledon. Er hat sich über fünfzig Jahre um die Rasen von Wimbledon gekümmert und geht jetzt in Rente. Der All England Lawn Tennis and Croquet Club, der Veranstalter des Turniers, gibt Mr. Evans zu Ehren ein Bankett. Samstagabend würdest du zu dem Bankett gehen und am Sonntag Mr. Evans in seinem Haus interviewen. Dienstag brauche ich ein vierseitiges Porträt.«

»Ich weiß nichts über Tennis oder … Rasen«, sagte ich.

»Es soll ja auch eine Geschichte über den Menschen werden. Und ein paar Fakten über das Turnier kannst du dir noch anlesen.«

»Ist das auch der Zeitgeist? Wimbledon?«, fragte ich.

»Ich zahle dir 800 Pfund«, sagte Edgar.

»Oh … Okay. Ich schreibe dir ein ganzes Buch, wenn du willst.«

Edgar lachte.

2

Ein halbes Jahrhundert

Das Bankett fand im Garten der Old Rectory in Wimbledon statt. Einer Villa, die einst Henry VIII. gehört hatte. Es heißt, dass der König zu fett gewesen war, um die Treppen hochzusteigen, und man ihm deshalb ein Bett in der Eingangshalle hergerichtet hatte.

Freitag bin ich zu Chris gefahren, meinem besten Freund in London, um sein Internet für die Wimbledon-Recherche zu benutzen. Wir haben stundenlang Tekken auf der Playstation gespielt und Bier getrunken.

»Ich muss ihn ja morgen noch nicht interviewen. Einfach nur beobachten. Eindrücke sammeln … Ich weiß nicht einmal, wie man beim Tennis Punkte zählt.«

Es war nach Mitternacht.

»Dieser Henry ist ja auch kein Tennisspieler, sondern Gärtner, oder?«

»Ja. Aber ein bisschen was sollte ich schon wissen.«

»Wahnsinn, dass die für einen Gärtner so ein Buhei veranstalten«, sagte Chris.

»Er war immerhin über fünfzig Jahre der Gärtner … Ich kann ja morgen nach dem Bankett kommen, und dann setze ich mich an deinen Computer.«

Ich hatte den Dresscode auf der Einladung überlesen: Black Tie – weiß.

Das einzige weiße Kleidungsstück, das ich besaß, war eine Jogginghose. Ich hatte ein gelbes Sommerkleid mit roten Punkten. Gelb war fast Weiß, und es war außergewöhnlich heiß für April.

Viermal umsteigen bis Wimbledon.

Am Eingang zeigte ich meine Einladung vor. Die vier Hostessen beäugten mich skeptisch.

»Ich habe kein weißes Kleid«, sagte ich leise.

»Hm?«, machte eine von ihnen.

»Ach, nichts«, sagte ich.

Die Hostess reichte mir eine Tischkarte.

Im Garten der Old Rectory stand ein weißer Pavillon. An den Seiten offen. Sommer im April in England. 34 runde Tische. Noch saß niemand an seinem Platz. Kellner schwirrten umher und reichten Champagner. Die Gäste – eine elegante Menge in Weiß – flanierten durch den Garten. Ich stach heraus in meinem gelben rot gepunkteten Kleid, spürte die musternden Blicke. Wenn ich wenigstens meine riesige schwarze Tasche irgendwo ablegen könnte …

»Champagner?« Der Kellner lächelte mitleidig.

»Ich habe kein weißes Kleid«, sagte ich leise.

»Hm?«

»Ach, nichts.« Ich nahm ein Glas vom Tablett und leerte es in einem Zug.

So verbrachte ich die nächste halbe Stunde. Ich trank Champagner. Vier Gläser.

Ich saß an Tisch Nummer 27.

Zuerst stellte sich der Herr zu meiner Rechten vor, dann der Herr zu meiner Linken. Ich vergaß ihre Namen sofort wieder.

»Cara Gibson«, sagte ich.

»Tennisspielerin?«, fragte der Herr rechts von mir – dicker Bauch, kahler Kopf – und musterte mich anzüglich.

»Nein, Presse.«

Der Champagner machte sich bemerkbar. Mir war schwindelig, und einen Moment lang wusste ich nicht mehr, warum ich hier war.

»Liebe Gäste, Freunde des Tennis«, ertönte eine Stimme, »heute sind wir hier zusammengekommen, um einen ganz besonderen Menschen zu ehren …«

Simon Weatherhill oder Hillweather, Mitglied des Vorstandes des All England Lawn Tennis and Croquet Club, stand am Kopfende des Pavillons. Ich hatte Mühe, seiner Rede zu folgen.

»Henry Evans … ein halbes Jahrhundert … Geschichte miterlebt …«

An Tisch Nummer 1 saß Henry, der Gärtner von Wimbledon. Trotz der grauen Haare, der Falten und Altersflecken hatte er etwas Jungenhaftes. Er lächelte abwesend, während man ein Loblied auf ihn sang. Ich fragte mich, woran er gerade dachte.

Applaus. Weatherhill oder Hillweather bat den Mann der Stunde um ein paar Worte.

Henry Evans stand auf.

»Martin Luther hat gesagt: ›Ihr könnt predigen, worüber ihr wollt, aber predigt niemals über vierzig Minuten.‹ Ich denke, selbst vier Minuten können schon zu lange sein, ganz gleich ob Predigt oder Rede. Ich bedanke mich bei Ihnen allen für Ihr Kommen. Ich kann nicht glauben, dass fünfzig Jahre vergangen sind und ich jetzt ein alter Mann bin. Aber lasst uns heute die Zeit vergessen. Lasst uns essen und trinken und fröhlich sein.«

Applaus. Dann wurde das Buffet eröffnet.

Ich füllte meinen Teller, setzte mich aber nicht an den Tisch, sondern ging in den von Laternen erhellten Garten. Ich fand eine Bank. Das Essen war großartig. Winzige Shepherd's Pies und Pasteten, Fish and Chips, Mini-Scones und Tarts. Sowie Erdbeeren mit Schlagsahne – eine Wimbledon-Tradition, wie die Dame vor mir einer anderen erklärte.

»Ich habe gelesen, dass die Zuschauer während des Turniers mehr als 28 Tonnen Erdbeeren und 7000 Liter Sahne verspeisen«, sagte sie.

»Herrgott, solche Mengen! Der Mensch ist maßlos«, sagte die andere ernst.

Nachdem ich aufgegessen hatte, fühlte ich mich bereit für mehr Champagner.

Ich erblickte Henry Evans in der Menge und überlegte, ob ich mich ihm vorstellen sollte. Beobachten und Eindrücke sammeln, hatte Edgar gesagt. Ich folgte Henry Evans mit ein paar Metern Abstand durch den Garten. Es schien, als wolle er seinen Gästen entkommen, doch konnte er keine drei Schritte gehen, ohne dass eine Gruppe Menschen ihn umringte.

Wenn sein Gesicht von einer der Laternen erhellt

wurde, sah ich sein abwesendes Lächeln. Woran dachte er?

Ich weiß nicht, wie lange ich Henry folgte, aber irgendwann verlor ich ihn aus den Augen. Ich sollte mich auf den Heimweg machen. Das war einer der Momente, in denen ich verfluchte, ständig pleite zu sein. Wie gern hätte ich mir ein Taxi genommen. Mein Blick fiel auf das menschenleere Buffet. Die Schalen und Etageren waren noch immer gefüllt. Zielstrebig marschierte ich auf das Buffet zu, wickelte Scones und Pasteten in Servietten und ließ sie in meiner Tasche verschwinden. Ich war hoch konzentriert, dann hörte ich ein leises Lachen.

Ich sah auf.

Henry Evans.

»Ich … ich, sorry«, stammelte ich.

»Kein Grund, sich zu entschuldigen«, sagte er.

»Ich gehe dann mal.«

»Schönes Kleid«, sagte er.

»Danke«, sagte ich und lief davon.

Ich hoffte, dass er mich morgen nicht wiedererkennen würde.

Viermal umsteigen. Hackney Central Station.

Ich packte mein Diebesgut in den Kühlschrank. Der Anrufbeantworter blinkte.

»Hey. Chris hier. Kommst du noch?«

Ich wählte Chris' Nummer.

»Ich bin gerade erst nach Hause gekommen. Ich glaube, ich improvisiere morgen einfach. Ich bin hundemüde.«

»Wie war's?«

»Weiß nicht … Gutes Essen, viel Champagner. Wusstest du, dass die Zuschauer während des Turniers 280 Tonnen Erdbeeren mit Sahne verspeisen?«

»280 Tonnen? Bist du dir sicher?«

»Ja.«

»Weißt du, wie viele Erdbeeren das sind?«

»Der Mensch ist maßlos.«

»Bist du betrunken?«

»Vielleicht ein bisschen.«

»Dann geh schlafen. 280 Tonnen kann nicht sein.«

»Doch«, sagte ich. »Gute Nacht.« Und legte auf.

3
Eine lange Geschichte

Henry Evans wohnte in einem roten Backsteinhaus in Wimbledon Village. In seinem Garten standen zwei blühende Apfelbäume und wuchsen Rosen. Das Gras stand hoch und wuchs wild. Das Gegenteil vom Rasen in Wimbledon.

Ich drückte die Klingel. Henry Evans öffnete die Tür. Er lächelte, als er mich sah.

»Ich bin Cara. Cara Gibson. Ich bin hier für das Interview.«

»Guten Tag«, sagte er. »Haben Sie alles sicher nach Hause getragen gestern?«

»Oh Gott, mir ist das wirklich peinlich.«

»Bitte nicht«, sagte er. »Sie haben mich gestern zum Lachen gebracht. Kommen Sie rein.«

Er führte mich in sein Wohnzimmer. Ein Sofa, zwei Sessel – blassblau. Parkett, Bücherregale. An den Wänden gerahmte Schwarz-Weiß-Fotografien.

Ich setzte mich auf einen der Sessel.

»Tee?«, fragte er.

»Gern.«

Er verließ das Zimmer. Ich stand auf und schaute mir die Bilder an.

Auf dem ersten Foto war ein Herrenhaus – größer als

die Old Rectory, ein rechteckiges Prachtgebäude, das sich in jeder Jane-Austen-Verfilmung gut gemacht hätte.

Vor dem Haus standen ein paar Leute, verschwindend klein auf der Panoramaaufnahme.

Daneben hing ein Bild von drei Teenagern, zwei Jungen und ein Mädchen. Beide Jungen trugen Anzüge. Der Jüngere hatte lockige kurze Haare, der Ältere glattes Haar. In der Mitte das Mädchen in einem wadenlangen Kleid. Leicht nach vorne gebeugt, sie lachte mit offenem Mund. Schulterlange Locken.

Henry kam zurück mit einem Tablett, auf dem eine Teekanne und zwei Tassen standen.

»Sind Sie einer der beiden?«, fragte ich und deutete auf die Fotografie.

»Nein. Das sind Rose und ihre Brüder«, sagte er ohne eine weitere Erklärung.

Ich setzte mich auf den Sessel. »Wer ist Rose?«, fragte ich.

Er sah mich an. »Eine Reporterin durch und durch«, sagte er amüsiert. »Brauchen Sie Zucker oder Milch?«

»Nein danke«, sagte ich.

Er schenkte den Tee ein.

»Also, sollen wir anfangen?«, fragte Henry. Offensichtlich wollte er meine Frage nicht beantworten, und ich traute mich nicht nachzuhaken.

Ich holte mein Notizbuch und einen Stift aus der Tasche. »Spielen Sie selbst Tennis?«

»Nein.«

Ich kritzelte ein *Nein* in mein Notizbuch.

»Wie wird man der Gärtner von Wimbledon?«

»Man bewirbt sich.«

Er beantwortete auch meine nächsten Fragen, die ich mir krampfhaft ausdachte, sehr einsilbig.

»Was mochten Sie am meisten während Ihrer Zeit in Wimbledon?«

»Den Ort. Der Job an sich hat mir nie viel bedeutet, aber der Ort hat Bedeutung.«

»Können Sie das erklären?«

Er zögerte einen Moment, dann schüttelte er den Kopf. »Das ist eine lange Geschichte. Und zu persönlich.«

»Ich mag lange, persönliche Geschichten.«

»So«, sagte er.

»Das ist, was ich eigentlich mache ... oder gemacht habe.«

Ich erzählte ihm von meiner Kolumne.

»Fremde haben Ihnen ihre Liebesgeschichte erzählt?«

»Ja.«

»Ich habe noch nie jemandem meine Geschichte erzählt.«

»Ich würde sie gerne hören.«

»Wie lang soll Ihr Artikel werden?«

»Vier Seiten.«

»Ich glaube nicht, dass das reichen wird.« Er lachte.

»Dann schreibe ich halt ein ganzes Buch.«

Wir schwiegen. Seine Gedanken waren ganz weit weg. Ich überlegte, was Edgar sagen würde, wenn ich kein vierseitiges Porträt über Henry Evans abgeben würde. Ich dachte an die 800 Pfund. Aber irgendwie waren mir sowohl das Geld als auch Edgars Gunst in diesem Moment egal. Ich hatte dieses Gefühl, die Geschichte meines Gegenübers unbedingt hören zu wollen, schon häufiger gehabt. Aber noch nie in dieser Intensität. Vielleicht waren es Henrys Augen. Sie schienen etwas zu sehen, das ich nicht sehen konnte. Ich spürte, dass Henry Evans fast bereit war.

»Wer ist Rose?«, fragte ich leise.

1938

I

Blake Hall

»Wir arbeiten hart, und dann sterben wir«, lautete die Lebensphilosophie meines Vaters John Evans. Meine Mutter Maggie hatte hart gearbeitet und starb viel zu früh. Ich war erst dreizehn Jahre alt.

Einen Monat lang, der sich wie eine Ewigkeit anfühlte, lag sie im Bett, wurde dünner und blasser, ihre Stimme leiser.

Ich hielt ihre Hand, bis sie kalt wurde. Ihre Hand war rau. Die Hände meiner Mutter hatten für andere Frauen genäht und gewaschen.

Mein Vater arbeitete in einer Fabrik, die Kabel herstellte. Meine Mutter hatte immer aufs Land ziehen wollen.

»Du könntest eine Anstellung als Gärtner finden, du bringst alles zum Blühen. Das ist eine Gabe, John«, pflegte sie zu sagen. Sie hatte recht. Mein Vater hatte in dem Hinterhof unseres schmutzigen Mehrfamilienhauses Noisette-Rosen gepflanzt. Ich habe nie etwas Prächtigeres gesehen. Sein Cousin Marc lebte mit seiner Familie in Surrey. Mein Vater hatte Marcs Garten angelegt, mit Gemüsebeeten und Fliedersträuchern.

Ich habe meinen Vater nie glücklicher gesehen als in Marcs Garten oder wenn er sich um den Rosenstrauch im Hinterhof kümmerte. Er besaß ein einziges Buch, es hieß *Vegetation of Britain.*

Manchmal glaube ich, dass meine Mutter, hätten wir schon damals in Blake Hall gewohnt, nicht krank geworden wäre. Vielleicht hatte mein Vater ähnliche Gedanken, und es war sein schlechtes Gewissen gewesen, das uns kurz nach ihrem Tod London verlassen ließ.

An einem Sonntagmorgen sagte er: »Pack deine Sachen.«

Unsere Möbel, ein Sofa, zwei Stühle und ein Tisch, tauschte er gegen zwei Koffer. Die Betten und der Schrank gehörten dem Vermieter.

Die Kleidung meiner Mutter, es war nicht viel, und das Geschirr gab er seinem Cousin zur Aufbewahrung. Alles, was ich besaß, passte in eine kleine Tasche.

Mit drei Gepäckstücken verließen wir unser Londoner Zuhause für immer.

Ich war nicht traurig, der schäbigen – im Sommer immer zu heißen, im Winter zu kalten – Anderthalbzimmerwohnung den Rücken zu kehren. Das einzig Schöne in dem Haus, in der ganzen Straße waren meine Mutter und die Noisette-Rosen gewesen.

Vielleicht würde ich die Kinder aus der Nachbarschaft vermissen, niemand Bestimmten, mehr die ganze Meute. Aber Kinder gab es überall. Kinder, Ratten und Tauben.

Die Zugfahrt dauerte nur wenige Stunden, drei vielleicht. Ich schaute aus dem Fenster, sah Landschaften an mir vorüberziehen. Mein Vater hatte mir nicht gesagt, wo unsere Reise hinführte, und ich hatte nicht gefragt. Mein Vater war kein kalter Mensch, aber er sprach nie viel. Meine Mutter war anders gewesen. Sie konnte ich alles fragen. Sie erzählte mir wahre und ausgedachte Geschichten. Ihre Stimme war sanft und hatte etwas so Beruhigendes. Ihre Stimme vermisste ich am meisten.

Manchmal, wenn sie zu Hause Näharbeiten erledigte, sang sie. Immer das gleiche Lied, einen alten irischen Song: »Ally Croaker«. *Will you marry me, dear Ally, Ally Croaker?*

»Wir sind gleich da«, sagte mein Vater.

BEDFORD MIDLAND ROAD stand auf dem Schild. Ein mir unbekannter Ort. Nicht dass ich viele Orte gekannt hätte. Aber die Namen einiger Städte wie Manchester oder Oxford waren mir ein Begriff gewesen, Bedford nicht. Ich wusste nicht, warum wir hier waren, aber ich war voller Zuversicht.

Am Bahnsteig empfing uns ein Mann.

»Mr. Rogers. Head Gardener«, stellte er sich vor. Er war alt, und seine Finger waren von Arthrose verformt.

»Mr. Evans«, sagte mein Vater und schüttelte Mr. Rogers' fast steife Hand. »Und das ist mein Sohn Henry.« Auch ich schüttelte seine Hand. Sie fühlte sich an wie ein Stück Holz.

Mein Vater bedankte sich überschwänglich bei Mr. Rogers, dass er uns abholte.

Der Chauffeur trug eine Uniform und hieß Craig Larson. Er hatte feuerrote Haare, und sein Gesicht war voller Sommersprossen. Ich durfte auf dem Beifahrersitz des Bentleys sitzen.

Mr. Rogers und mein Vater unterhielten sich. Ich

schnappte ein paar Sätze auf. Mein Vater war nun der zweite Gärtner von Blake Hall. Sein Cousin Marc hatte ihm die Anstellung verschafft. Mr. Rogers und Marc kannten sich anscheinend.

»Blake Hall«, sagte Mr. Rogers, als wir durch einen riesigen Torbogen fuhren. Weitläufige Rasenflächen, Kieswege, an deren Seiten Lavendel und Buchsbäume wuchsen. Kletterrosen. Riesige Eichen. Rotbuchen und Holzapfelbäume. In der Ferne konnte ich einen Springbrunnen ausmachen. Wir bogen vom Hauptweg ab und fuhren auf kleineren Schotterwegen. Links, rechts. Ich verlor die Orientierung.

Vor einem mit Efeu bewachsenen Cottage hielten wir schließlich an. Das Mauerwerk war aus dunkelbraunem Stein und das Dach aus Schiefer. Eine schmale Veranda, auf der ein Schaukelstuhl stand, umgab das Häuschen. Ich dachte, dass wir jetzt dem Besitzer vorgestellt werden würden, aber Mr. Rogers sagte: »Das ist Ihres. Wenn Sie etwas brauchen, lassen Sie es mich wissen. Mein Cottage ist nur ein paar Minuten Fußmarsch von hier entfernt. Einfach den Weg entlang. Sie haben eine eigene Küche, aber heute Abend können Sie mit dem Hauspersonal essen.«

Ich hatte ein eigenes Zimmer, in dem ein Schreibtisch, ein Stuhl, ein Schrank und ein Bett standen. Ich konnte nicht fassen, dass wir hier wohnen durften. Ich packte meinen Koffer aus, legte meine Kleidung in den Schrank, meinen Teddybären auf das Bett und das Federmäppchen und meine zwei Hefte in die Schublade des Schreibtisches.

Über meinem Bett hing ein Ölgemälde, ein schlafender Wolf.

Mein Vater hatte Wasser für Tee aufgesetzt.

»Wir haben ein richtiges Badezimmer«, sagte er.

Die Badewanne war aus Gusseisen, und es gab eine Toilette. Wir hatten eine eigene Toilette – im Haus. In London hatten wir uns mit fünf anderen Familien ein Plumpsklo im Hinterhof geteilt.

Mein Vater sah sich um. »Deiner Mutter würde es hier sehr gefallen«, sagte er traurig.

»Ja«, sagte ich.

Wir saßen an dem runden Esstisch und tranken schweigend Tee. Ich wollte meinem Vater so viele Fragen stellen: Wie lange bleiben wir hier? Wo werde ich zur Schule gehen? Womit haben wir dieses Glück verdient? Vielleicht hätte er meine Fragen beantwortet, wenn ich den Mund aufgemacht hätte.

Schon bald klopfte Mr. Rogers an der Tür. Zusammen gingen wir durch die Parkanlage. Mein Vater und Mr. Rogers unterhielten sich, ich lief ein paar Meter hinter ihnen her. Es gab so viel zu sehen. Verwinkelte Wege, unzählige Bänke und mannshohe steinerne Statuen. Ein Tennisplatz. Auf dem Rasen stand ein Korb mit Bällen. Ein Teich, auf dem Rosen schwammen. Wir bogen rechts ab und befanden uns auf dem Hauptweg.

»Blake Hall«, sagte Mr. Rogers.

Blake Hall, das Herrenhaus der Familie Blake. Eine Villa in H-Form aus hellem Kalkstein. Hohe Fenster. Ein schnörkelloser majestätischer Bau, klare symmetrische Formen.

»Es ist so … so groß«, sagte ich.
Mr. Rogers lachte.

2

Ein ganzer Sommer

Wir betraten Blake Hall durch den Dienstboteneingang, der sich auf der Rückseite der Villa befand. Familie Blake war in Schottland und würde erst in ein paar Tagen zurückkommen. Der Speisesaal des Personals befand sich in den Kellerräumen, gleich neben der Küche. Eine lange Tafel, an der sicher fünfundzwanzig Leute bequem Platz fanden. Es gab einen Butler, eine Hausdame, eine Köchin, zwei Küchenhilfen, zwei Stallburschen, die sich um die sechs Pferde der Blakes kümmerten, drei Diener. Und das war nur das Personal, das nicht mit der Familie nach Schottland gereist war. Kinder gab es keine.

Ich erfuhr, dass sowohl Mr. Rogers und als auch der rothaarige Chauffeur Craig Larson verheiratet waren. Mr. Rogers hatte drei erwachsene Söhne, die in London lebten. Und Craig war gerade Vater eines kleinen Mädchens geworden. Auch Craig wohnte in einem Cottage auf dem Anwesen und war deshalb nicht hier. Er aß zu Hause.

Es gab Aushilfskräfte, die sich mit Mr. Rogers um den Park kümmerten. Junge Männer, die im Dorf wohnten. Alle waren ausgesprochen nett zu uns, stellten Fragen und erzählten.

Die Köchin Fanny mochte ich sofort. Eine große, stämmige Frau, die immer lächelte. Sie bot uns an, jeden Abend mit dem Personal zu essen.

»Sie haben ja keine Frau daheim«, sagte sie zu meinem Vater. »Für morgen früh gebe ich Ihnen etwas mit.«

Als ich später in meinem Bett lag, war nur das Zirpen der Grillen zu hören und in der Ferne das *Schuhu* einer Eule. In London war es nie so still und friedlich gewesen. Die Smiths, die unter uns gewohnt hatten, hatten oft die ganze Nacht gestritten. Babys hatten geweint. Türen waren geknallt worden. Es hatte Schlägereien im Hausflur gegeben.

Ich wachte früh am nächsten Morgen auf. Mein Vater hatte schon Wasser für Tee aufgesetzt.

»Bis die Schule anfängt, musst du dich allein beschäftigen«, sagte er.

»Und was machst du?«

»Arbeiten. Mr. Rogers holt mich gleich ab.«

Wir tranken Tee und aßen das Shortbread, das Fanny uns mitgegeben hatte.

Der Motor eines Wagens war zu hören.

»Das ist er sicher«, sagte mein Vater mit vollem Mund. Er trank einen großen Schluck Tee, dann klopfte es an der Tür.

»Ich bin sofort da«, sagte mein Vater.

»Henry, komm auch. Ich habe etwas für dich«, rief Mr. Rogers.

Mein Vater setzte seine Mütze auf. Ich folgte ihm nach draußen.

Mr. Rogers hievte ein Fahrrad von der Ladefläche des Anhängers seines Fords.

»Das hat meinem jüngsten Sohn gehört. Ich dachte, du könntest es gebrauchen«, sagte er und zwinkerte mir zu.

Das Fahrrad war dunkelblau, fast schwarz. Ich war sprachlos. Ein Mensch, den ich kaum kannte, schenkte mir ein Fahrrad.

»Henry, bedank dich«, sagte mein Vater.

»Ich … ja … Mr. Rogers … danke, Sir, vielen Dank.«

»Damit kannst du die ganze Anlage erkunden«, sagte er. »Und wenn die Schule anfängt, kannst du ins Dorf fahren.«

Nur ein einziger Junge in meiner Straße hatte ein Fahrrad besessen – Jimmy. Jimmy war ein echter Kumpel gewesen und hat uns allen das Fahren beigebracht. Einen ganzen Monat lang hatten wir nichts anderes gemacht, als abwechselnd auf Jimmys Rad die Straße rauf- und runterzurasen. Aber dann war Jimmy ohne Fahrrad und mit einem blauen Auge zu unserem Treffpunkt gekommen. Der neue Freund seiner Mutter hatte Jimmy das Veilchen verpasst und das Rad geklaut.

»Ich wollte es nicht hergeben und habe erst losgelassen, als er mir eine reingehauen hat«, hatte Jimmy gesagt.

Wir hatten alle gehofft, dass der Typ zurückkommen und Jimmy sein Rad wiedergeben würde. Das war nicht passiert.

Mein Vater und Mr. Rogers stiegen in den Wagen und fuhren davon. Ich war allein, hatte ein Fahrrad, es war Sommer, und der ganze Park gehörte mir.

Anfangs fuhr ich langsam, ein paarmal wäre ich fast umgekippt. Ich war aus der Übung. Aber bald schon fühlte ich mich sicher und raste die kleinen Wege entlang. Kreuz und quer durch die Parkanlage. Zuerst ziellos. Dann erinnerte ich mich an den Springbrunnen, den ich aus dem Autofenster gesehen hatte. Schließlich fand ich ihn und hielt an. Vorsichtig legte ich mein Rad auf den Boden.

In der Mitte des weißen runden Steinbeckens stand eine steinerne Frau. In den Armen hielt sie einen Krug, aus dem Wasser floss. Zu ihren Füßen saßen drei Kinder: zwei Jungen und ein Mädchen. Ich betrachtete die vier genauer. Die Frau sah traurig aus. Vielleicht war der Krug zu schwer, vielleicht würde sie gerne ihr Kleid, das über die Schulter gerutscht war, zurechtziehen. Die Kinder wirkten gelangweilt, die grauen Augen in die Ferne gerichtet.

»Wenigstens seid ihr nicht allein«, sagte ich zu ihnen.

Alle Familien in meiner Straße hatten einen Haufen Kinder, nur ich hatte keine Geschwister. Einerseits war es wahrscheinlich gut gewesen, denn unsere Wohnung war so winzig, dass sie schon für uns drei zu eng gewesen war. Trotzdem wünschte ich mir einen Bruder oder wenigstens eine Schwester. Einmal habe ich meine Mutter gefragt, ob sie nicht ein Baby machen könnten – für mich. Meine Mutter hatte traurig mit dem Kopf geschüttelt, und ich glaube, sie hatte Tränen in den Augen. Ich habe nie wieder gefragt.

Ich zog meine Schuhe aus, krempelte die Hose hoch und stieg in den Brunnen. Das Wasser reichte mir bis zu den Oberschenkeln. Meine Hose wurde nass, aber das störte mich nicht. Ich watete durch das eiskalte Wasser und sang »Ally Croaker«. *Will you marry me, dear Ally, Ally Croaker?*

Obwohl ich das Lied Tausende Male gehört hatte, fiel mir nur der Refrain ein.

Ich dachte an meine Mutter und daran, dass sie nie wieder »Ally Croaker« für mich singen würde.

Dann stieg ich aus dem Wasser und legte mich auf den Beckenrand. Die Sonne war warm, und ich döste ein.

3

Fannys Tratschgeschichten

Ich weiß nicht, wie lange ich geschlafen hatte, Minuten oder Stunden. Die Sonne brannte jetzt. Ich bespritzte mein glühendes Gesicht mit Wasser und trank einen Schluck. Mein Magen knurrte, aber wir hatten alles, was Fanny uns mitgegeben hatte, aufgegessen. Ich überlegte, ob ich meinen Vater und Mr. Rogers suchen sollte, entschied mich dann aber, Fanny in der Küche zu besuchen. Ich wusste nicht, ob ich das durfte, doch war Fanny so lieb gewesen, dass ich es riskieren wollte. Ich fand schnell den Hauptweg, der zum Haus führte. Der Anblick von Blake Hall sollte mich immer wieder überwältigen. Ich lehnte mein Fahrrad gegen einen niedrigen Mauervorsprung und klopfte an die Tür. Einer der Diener, Dale, öffnete.

»Kann ich zu Fanny?«, fragte ich.

»Sie ist in der Küche«, sagte er. »Komm mit.«

Ich folgte ihm die Treppe hinunter, vorbei an dem Speisesaal, in dem wir gegessen hatten.

»Besuch«, sagte Dale, als wir die Küche erreichten.

Fanny stand mit dem Rücken zu uns, knetete Teig auf der Ablage. Sie drehte sich um. Sah Dale an, dann mich.

»Henry«, sagte sie. Ihre Stimme klang warm, ihr großer Mund lächelte.

»Ich ... ich wusste nicht ... Ich wollte fragen, ob ich vielleicht etwas zu essen haben kann, weil mein Vater ist mit Mr. Rogers unterwegs und ...«

»Komm, setz dich«, unterbrach sie mein Gestammel. Sie deutete auf einen Schemel. »Ich mache dir schnell was.«

Fanny schmierte mir ein Sandwich mit Schinken. Während ich aß und sie Küchlein aus dem Teig formte, unterhielten wir uns.

Es war einfach, sich mit Fanny zu unterhalten, ihr Fragen zu stellen. Ich erfuhr eine ganze Menge über die Familie Blake. Das Ehepaar Richard und Ava Blake hatte drei Kinder. Zwei Söhne und eine Tochter. Liam, der Älteste, war siebzehn Jahre alt, Cooper fünfzehn und Rose vierzehn. Liam, sagte Fanny, sei ein großartiger junger Mann. Klug, höflich, ein Gentleman durch und durch.

»Und Cooper ...«, begann Fanny und sah mich verschwörerisch an. Dann erzählte sie mir von dem Cooper-Skandal. Letztes Jahr, als die Blakes einen Ball gegeben hatten, zu dem die vornehmsten Familien Englands eingeladen gewesen waren, war Cooper nur mit einer Hose bekleidet auf einem Pferd in den Saal geritten.

»Ein Skandal«, sagte Fanny, »ein Skandal. Ein Skandal!« In ihr Entsetzen mischte sich ein Hauch von Amüsement. »Eigentlich ist er ein lieber Junge, fast schüchtern. Er ist so gut zu Tieren. Ich weiß nicht, wie viele Baby-Vögel, die aus ihren Nestern gefallen sind, er aufgepäppelt hat. Dutzende. Deshalb glauben alle, Rose habe ihn zu dem Auftritt angestiftet.« Fanny lachte. »Rose wäre besser ein Junge geworden. Sie ist … sie ist wild. Klettert auf Bäume wie ein Äffchen. Steht niemals still, das Kind. Sie geht morgens aus dem Haus und kommt abends zurück mit zerrissenen Kleidern, schmutzbeschmiert von Kopf bis Fuß, die Haare zerzaust. Nicht wie eine feine Dame. Vorlaut ist sie. Ja, Miss Rose muss immer das letzte Wort haben. Und fluchen kann das Kind. Vor allem, wenn sie beim Tennis verliert. Bis in die Küche kann man sie hören!«

Ich hörte Fanny aufmerksam zu und konnte es kaum erwarten, die drei Blake-Kinder kennenzulernen.

»Der Springbrunnen. Die Frau mit dem Wasserkrug und den drei Kindern … Sind das Liam, Cooper und Rose?«

Fanny lächelte. »Nein, der Springbrunnen ist sicher hundert Jahre alt.«

Ich stand auf und verabschiedete mich von Fanny. Sie drückte mir einen Keks in die Hand.

»Und heute Abend kommst du mit deinem Vater zum Essen. Um sieben.«

»Ja«, sagte ich, schwang mich auf mein Fahrrad und fuhr zu unserem Cottage.

Als mein Vater nach Hause kam, erzählte ich ihm alles, was ich von Fanny erfahren hatte. Ich war überschwänglich und dachte, er fände das Ganze genauso interessant wie ich. Aber er sah mich ernst an und sagte, dass es sich nicht gehören würde zu tratschen. Und ob ich nicht verstehen würde, wie dankbar wir sein müssen, dass er hier arbeiten darf.

»Ich bin doch dankbar«, sagte ich. »Ich wollte nicht tratschen … Ich freue mich nur, dass es hier Kinder gibt.«

Er sah noch ernster drein und sagte, dass die Kinder der Herrschaften sicher nicht Umgang mit dem Sohn des Gärtners pflegen werden.

»Fanny hat gesagt, wir sollen um sieben zum Essen kommen«, sagte ich, um das Thema zu wechseln.

»Dann wasche ich mich mal«, sagte er.

»Papa, wie … wie gefällt dir die Arbeit?«

Mein Vater streichelte mir über den Kopf. »Sie gefällt mir sehr, Henry. Ich wünschte …« Er hielt inne. Ich wusste, was er sagen wollte.

»Ich auch, Papa.«

Wir haben sie beide geliebt. Und das war es, was uns immer verbinden würde. Maggie Evans. Meine Mutter, seine Frau. Ich habe ihn nie ein unfreundliches Wort zu ihr sagen hören.

Als ob er meine Gedanken gelesen hätte, sagte er: »In ihrer Gegenwart war ich ein besserer Mensch. Hab Nachsicht mit mir, Henry. Hab Nachsicht mit deinem alten Vater … Wir dürfen hier nicht unangenehm auffallen. Diese Leute sind anders als wir. So wie die Damen, für die deine Mutter Kleider genäht hat … Nur viel … viel höher gestellt, verstehst du?«

Ich nickte.

»Du bist ein guter Junge«, sagte mein Vater und verschwand im Badezimmer.

4
Das letzte Wort

Familie Blake war am Morgen zurückgekehrt. Ich habe drei Autos Richtung Haus fahren sehen. Mein erster Impuls war es, der Kolonne mit meinem Fahrrad zu folgen, aber dann dachte ich an die Worte meines Vaters. Ich war nur der Sohn des Gärtners, ich durfte nicht unangenehm auffallen.

Ich radelte zu meinem Lieblingsort, dem Springbrunnen. Hier hatte ich in den vergangenen Tagen die meiste Zeit verbracht. Das gleichmäßige Plätschern hatte meine Gedanken abschweifen lassen. Tagträume, die weder Anfang noch Ende hatten, nur eine Melodie. Das Lied meiner Mutter.

Aber heute träumte ich nicht. Ich war unruhig. Ich wollte die Blakes sehen. Unbedingt.

Als es Mittag wurde, fuhr ich zum Haus. Das hatte sich eingespielt. Ein Sandwich in der Küche. Und Fannys – wie mein Vater sie nannte – Tratschgeschichten. Ich musste auch nicht mehr anklopfen. Die Tür des Dienstboteneingangs war nie abgeschlossen. Ich konnte einfach reingehen. Fanny schmierte mein Schinkensandwich, sobald sie meine Schritte auf der Treppe hörte.

Heute ging es hektischer zu als sonst. Fannys Küchenhilfen füllten silberne Schalen mit Suppen und Soßen, drapierten in Scheiben geschnittenen Braten und Huhn auf Platten.

Die Diener kamen und trugen alles aus der Küche. Mr. Ward, der Butler, rief dem Personal Anweisungen zu. Seine Stimme war tief und durchdringend.

»Henry«, sagte Fanny, »setz dich. Du musst einen Moment warten. Die Blakes sind zurück und essen jetzt.«

Ich nahm den Schemel, trug ihn in eine Ecke, sodass ich niemandem im Weg saß, und beobachtete das Treiben.

»Soll ich helfen, die Sachen hochzubringen?«, fragte ich den Diener Dale, als er an mir vorbeiging.

Er lachte. »Oh, Henry.«

Die drei Diener trugen den gleichen schwarzen Frack, eine Weste mit Nadelstreifen, eine schmale Fliege und weiße Handschuhe.

Als auch die letzte Schüssel die Küche verlassen hatte, rief mich Fanny zu sich.

Sie gab mir einen Hühnerschenkel und einen Teller mit cremiger Suppe.

»Habe ich für dich aufgehoben«, sagte sie. »Jetzt, wo Familie Blake zurück ist, musst du entweder etwas früher oder später kommen. Oder warten.«

»Haben die Diener deshalb Handschuhe an? Weil die Familie zurück ist?«

Fanny nickte. »Zum Servieren trägt man Handschuhe.«

Es waren die Handschuhe, die mich wirklich begreifen ließen, wie wenig mein Vater und ich mit den Blakes gemeinsam hatten. In unserer Welt trugen Leute Handschuhe, wenn es kalt war. Draußen, im Winter. Manchmal auch drinnen, wenn der Ofen nicht richtig heizte. Ich hatte ein Paar aus dunkelgrüner Wolle, das meine Mutter gestrickt hatte.

Ich aß Suppe und Huhn, während Fannys Küchenhilfen Kitty und Iris Geschirr spülten. Zwei scheue, zierliche Mädchen, die neben Fanny geradezu zerbrechlich wirkten.

Ich bedankte mich und bekam wie immer noch einen Keks.

»Heute Abend essen wir erst um acht. Sag das deinem Vater.«

»Mach ich.«

Ich rannte die Treppen hoch, schnappte mein Fahrrad und fuhr los. Ich trat mit aller Kraft in die Pedale, bis ich so viel Schwung hatte, dass ich für einen Moment die Beine ausstrecken und die Hände vom Lenker nehmen konnte und das Fahrrad trotzdem in einer geraden Linie weiterfuhr. Es war so heiß an diesem Tag, dass die Luft flirrte. Als ich vollkommen aus der Puste war, hielt ich an und fand Zuflucht im Schatten einer riesigen Esche. Ich lehnte mich an den Stamm und schloss die Augen.

»Hey, du«, hörte ich eine Stimme.

Ich öffnete die Augen, konnte aber niemanden sehen.

»Hey.«

Die Stimme kam aus dem Baum. Ich blickte nach oben. Ein Kleid mit gelben Blumen. Schulterlange honigfarbene Locken, haselnussbraune Augen.

Mit einem Satz sprang das Mädchen hinunter und landete sicher auf dem Boden.

»Du kannst dir die Beine brechen, wenn du von so weit oben runterspringst«, sagte ich.

»Du redest Quatsch«, sagte sie.

»Larry, der in meiner Straße gewohnt hat, ist von einem Schuppen gesprungen und hat sich die Beine gebrochen. Beide.«

»Dann ist dieser Larry eben nicht gut im Springen. Ich springe immer von so weit oben.«

»Larry war gut im Springen«, sagte ich.

»Na ja, anscheinend ja nicht. Sonst hätte er sich nicht die Beine gebrochen, oder?«

Ich wusste nicht, was ich darauf erwidern sollte.

»Wer bist du?«, fragte sie und klopfte Staub von ihrem Kleid.

»Henry«, sagte ich.

»Was machst du hier?«

»Ich wohne hier.«

»Das wüsste ich aber«, sagte sie und setzte sich neben mich.

»Mein Vater ist der Gärtner hier.«

»Ist er nicht. Mr. Rogers ist der Gärtner.«

»Mein Vater ist der zweite Gärtner. Wir sind erst seit Kurzem hier.«

Sie nickte. Und nach einer kurzen Pause sagte sie: »Willst du mich nicht fragen, wer ich bin?«

»Ich weiß, wer du bist.«

»Tust du nicht.«

»Doch. Du bist Rose.«

Sie legte ihren Kopf schief und sah mich erstaunt an. »Woher weißt du das?«

»Von der Köchin Fanny. Und du hast zwei Brüder«, sagte ich triumphierend.

Sie dachte einen Moment nach. »Du weißt also, dass hier ein Mädchen wohnt, das Rose heißt. Aber woher willst du wissen, dass ich Rose bin? Ich könnte doch jemand anders sein.«

»Nein.«

»Doch.«

»Nein.«

»Doch.«

»Aber du bist Rose«, sagte ich. »Hier gibt es keine anderen Kinder. Außer euch und mir.«

»Ich könnte mich ja verlaufen haben oder so eine Art Robin Hood sein, der in den Wäldern wohnt.«

Ich dachte an Fanny: ›Miss Rose muss immer das letzte Wort haben.‹ Ich beschloss, ihr das letzte Wort zu lassen.

»Na gut. Ich bin Rose«, sagte sie schließlich. »Wie alt bist du?«

»Dreizehn.«

»Ich bin schon vierzehn.«

»Ich bin fast vierzehn«, sagte ich.

»Ich bin trotzdem älter als du.«

Ich nickte.

»Also kann ich bestimmen, was wir jetzt machen«, sagte sie. »So ist das Leben, Henry, der Ältere bestimmt.« Rose lachte. »Mein Klavierlehrer sagt das immer, wenn ich mich über etwas beschwere.« Sie verstellte ihre Stimme: »›So ist das Leben, Rose. So ist das Leben …‹ Ich hasse das!«

»Ich auch«, sagte ich.

»Gut. Kann ich trotzdem bestimmen, was wir machen?«

»Ja«, sagte ich.

»Wir gehen schwimmen.«

»Im Springbrunnen?«, fragte ich.

»Henry«, sagte sie ernst, »im Springbrunnen kann man nicht schwimmen.«

Kurz war ich versucht, ihr zu widersprechen, aber wieder entschied ich, dass Rose das letzte Wort haben sollte.

5
Der Ring im Schlammsee

Rose saß seitwärts auf der Fahrradstange, und ich strampelte. Ihre Haare flatterten im Wind, streiften meine Wangen. Rose' Körper versperrte mir die Sicht. Ich folgte ihren Anweisungen und hatte Mühe, die Balance zu halten.

Wir kamen am Tannenwald an. Ich hatte geglaubt, dass hier der Park von Blake Hall endetet, aber Rose streckte ihren rechten Arm aus und sagte: »Da lang!«

Ein schmaler Weg, den ich auf meinen Touren nie bemerkt hatte.

Wir stiegen ab. Rose ging voran, und ich schob das Fahrrad hinter ihr her.

»Gehört der Wald auch euch?«

»Ja.«

Es war kühl und dunkel. Die hohen Tannen ließen kaum Sonnenlicht durch. Ich fand es unheimlich.

»Es gibt auch richtige Wege, aber ich nehme immer den«, sagte Rose.

»Gehst du oft in den Wald?«

»Ja.«

»Allein?«

»Ja.«

»Hast du gar keine Angst?«

»Angst? Wovor?«

»Ich weiß nicht … Vor Tieren oder … Ich weiß nicht.«

»Hier gibt es Füchse und Kaninchen. Soll ich vor denen Angst haben?«

»Nein.«

»Na also. Hast du etwa Angst?«

»Vielleicht … Also, nicht wirklich Angst, nur so … Ich wäre nicht gerne allein hier.«

»Bist du ja auch nicht«, sagte sie.

Es wurde heller. Eine weite Lichtung, auf der sich ein kleiner See befand. Das Wasser war braun und schlammig.

»Wir sind da«, sagte sie.

»Hier willst du schwimmen?«

»Ja.«

Rose zog ihr Kleid aus. Sie trug ein Hemdchen und eine Unterhose aus glänzendem Stoff.

»Komm«, sagte sie. Ich legte mein Fahrrad auf den Boden, zog mein Hemd aus, und dann zögerte ich. Zwar hatte ich eine Unterhose an. Sie war auch frisch gewaschen. Aber seitdem meine Mutter tot war und mein Vater und ich die Wäsche selbst machen mussten, waren unsere weißen Kleidungsstücke gräulich geworden. Ich wollte nicht, dass Rose meine Unterhose sah.

»Komm schon!«, sagte sie. »Worauf wartest du? Hast du etwa auch vor Wasser Angst?«

»Nein«, sagte ich. Mit angehaltenem Atem zog ich meine Hose aus, aber Rose schien meine graue Unterhose gar nicht zu bemerken.

»Komm«, sagte sie ungeduldig.

Wir gingen zum Ufer des Sees. Dann nahm Rose meine Hand.

»Auf drei«, sagte sie.

Wir zählten zusammen: »Eins, zwei, drei!«

Und dann sprangen wir hinein.

Am Rande des Sees konnte ich auf Zehenspitzen stehen.

»Ich habe hier letzten Sommer meinen Ring verloren«, sagte Rose, die in der Mitte des Sees schwamm, »aber ich schaffe es nicht, ganz runterzutauchen.«

Ich schwamm zu ihr. »Soll ich es versuchen?«

Ich hatte in der Themse schwimmen gelernt. Vor vier Jahren war zwischen dem Tower und St. Katharine ein Strand mit richtigem Sand angelegt worden. Der Strand war für die Kinder von London, die für alle Zeiten freien Zutritt haben sollten, wie König George V. bei der Eröffnung gesagt hatte. Mein Vater hatte mich bei einem Schwimmkurs für Kinder angemeldet, der nichts gekostet hatte.

»Ja, versuch es«, sagte Rose.

Ich atmete ein und tauchte hinab. Man konnte nichts sehen. Ich tauchte tiefer und tiefer, streckte meinen Arm aus und tastete. Nichts. Noch ein Stück tiefer, und schließlich konnte ich den Grund spüren, weiche Erde, Steinchen. Ich tastete mit beiden Händen, fand aber nichts. Mir ging die Luft aus, ich musste zurück an die Wasseroberfläche.

»Hast du ihn?«, fragte Rose.

Ich hustete, spuckte Wasser. »Nee, aber ich habe es bis zum Grund geschafft.«

»Wirklich?«

»Ja.«

»Dann kannst du es ja noch mal versuchen«, sagte sie.

»Ich werde es jeden Tag versuchen. Bis ich ihn finde.«

Rose lächelte.

Fünf Mal tauchte ich an diesem Nachmittag hinab. Erfolglos.

Schließlich schwammen wir zurück zum Ufer und setzten uns in die Sonne.

Ich war das erste Mal seit dem Tod meiner Mutter vollkommen glücklich.

6

Der Sohn des Gärtners

Wir saßen auf einem dicken Ast der alten Esche. Der Ort, an dem wir uns vor vier Tagen kennengelernt hatten.

»Letztes Jahr war ich mit einem Stalljungen befreundet. Er hieß George und wusste alles über Pferde. Meine Eltern haben gesagt, dass ich nicht meine ganze Zeit mit George verbringen kann. Als ich gefragt habe, warum, haben sie gesagt, dass er zu alt ist. George war fünfzehn, genauso alt wie Cenric. Cenric ist der Sohn von den Meltons. Das Anwesen der Meltons, Melton House, ist doppelt so groß wie Blake Hall. Und wenn wir dort sind oder die Meltons hier, wollen meine Eltern immer, dass ich mit Cenric rede oder Tennis spiele oder ausreite. Und sie sagen so Sachen wie: ›Du wirst Cenric sehen. Ist das nicht großartig?‹ Ich kann Cenric nicht ausstehen. Jedenfalls habe ich gesagt: ›Aber George ist genauso alt wie Cenric.‹ Und sie haben gesagt: ›Das ist etwas anderes.‹«

Rose sah mich ernst an.

»Wo ist George jetzt?«, fragte ich.

Rose zuckte mit den Schultern. »Ich glaube, sie haben ihn entlassen. Wir waren in Somerset, und als wir zurückkamen, war George fort.«

»Mochtest du ihn?«

»Natürlich.«

Mein Magen zog sich zusammen. Magst du ihn lieber als mich, wollte ich fragen, traute mich aber nicht.

»Vermisst du ihn?«, fragte ich stattdessen.

Rose dachte nach. »Nein. Nicht mehr.«

»Na ja, deine Eltern können nicht sagen, dass ich zu alt bin.«

»Du kapierst es nicht«, sagte Rose.

»Doch. Ich bin der Sohn des Gärtners, und du ... du bist Rose Blake.«

Sie nickte. »Deshalb müssen wir es geschickt anstellen.«

»Was meinst du?«, fragte ich.

»Vielleicht ... Ich weiß auch nicht. Aber ich will nicht, dass du eines Tages einfach fort bist, wie George.«

Ich nickte.

»Heute Nachmittag gibt es ein kleines Tennisturnier. Meine Eltern haben Besuch. Ich spiele auch. Ich spiele viel besser als meine Brüder. Wirklich, ich gebe nicht an oder so«, sagte sie.

»Ist dieser Cenric da?«

Rose schüttelte den Kopf. »Zum Glück nicht. Er ist ein miserabler Tennisspieler. Die Asburys und die Rutherfords kommen. Die Rutherfords haben einen Sohn und eine Tochter, er ist siebzehn, so wie Liam, und sie ist neunzehn, glaube ich. Und die Asburys haben drei Söhne, die ich nicht kenne ... Jedenfalls kannst du uns zugucken beim Spielen.«

»Aber deine Eltern ...«

»Wir tun so, als ob wir uns nicht kennen. Und du musst dich etwas weiter weg stellen. Ein paar von den Dienstboten schauen immer zu. Du weißt, wo der Tennisplatz ist?«

Ich nickte.

»Du musst mich spielen sehen, Henry. Ich ... ich will eine richtige Tennisspielerin werden. Wie Maud Watson. Sie war die erste Frau, die Wimbledon gewonnen hat. Und im Krieg war sie eine Krankenschwester, und sie hat nie geheiratet.«

»Und du willst auch nie heiraten?«, fragte ich.

Rose sah mich an. »Jedenfalls nicht jemanden wie Cenric. Aber vor allem will ich Tennis spielen. Und du?«

»Weiß nicht«, sagte ich ehrlich.

»Vielleicht Gärtner, wie dein Vater? Dann könntest du für immer hierbleiben. Und ... und wenn ich nicht heirate, kann ich auch für immer hierbleiben. Liam wird Blake Hall erben, aber er wird mir schon mein Zimmer lassen. Es gibt ja genug. Ich spiele Tennis, und alles wird so sein wie jetzt. Im Sommer gehen wir schwimmen und im Winter Schlittschuh fahren, und wenn ich Tennis spiele, kommst du und guckst mir zu.«

»Ja«, sagte ich und wollte nach ihrer Hand greifen, aber ich zögerte zu lange. Rose sprang hinab.

»Ich muss jetzt nach Hause. Komm um vier zum Tennisplatz.«

Sie rannte los. Rose war schnell, bald schon konnte ich sie nicht mehr sehen.

Ich schwang mich auf mein Rad und fuhr Richtung Wald. Als ich den Weg, der zum See führte, erreicht hatte, stieg ich ab.

Eine ganze Weile stand ich einfach da.

Will you marry me, dear Ally, Ally Croaker?, begann ich leise zu singen und setzte mich in Bewegung.

Dear Ally Croaker, hier gibt es nur Füchse und Kaninchen, dichtete ich.

Ich habe keine Angst, Ally Croaker. Und heute finde ich deinen Ring, Ally Croaker. Will you marry me, dear Ally, Ally Croaker?

Ich tauchte immer und immer wieder hinab, aber fand den Ring auch heute nicht. Er sei aus Gold mit einem grünen Stein, hatte Rose gesagt. Ich wartete nicht, bis ich trocken war. Ohne Rose war es einsam am Ufer des Schlammsees.

7
Das Tennisturnier

Ich hatte mich gründlich gewaschen, meine beste Hose – dunkelblau – und ein hellblaues Hemd angezogen, die braunen Schnürstiefel poliert und meine Haare so lange gekämmt, bis sie glänzten. Erwachsene mochten saubere Kinder. Und ich wollte, dass die Blakes mich mochten, falls sie mich bemerken würden. Ich war nervös, so wie vor einer Mutprobe. In unserer Straße haben wir uns ständig zu Mutproben herausgefordert. Murmeln aus dem Plumpsklo fischen. Bei der alten Miss Cramer, von der behauptet wurde, dass sie ein paar Kindern die Ohren abgeschnitten hatte, klingeln und sie beschimpfen. Im Kings Pub ein Päckchen Tabak oder ein halb volles Glas von einem betrunkenen Gast stehlen. Mehr als die Mutprobe selbst hatte mich immer die Angst zu scheitern nervös gemacht. Wenn man es nicht geschafft hatte, ging man die ganze Sache tausendmal in seinem Kopf durch, und plötzlich wusste man, was man hätte anders machen sollen, aber es war zu spät. Die Regel lautete: Mutproben kann man nicht wiederholen. Ich weiß nicht, wer die Regel aufgestellt hat, aber sie galt von Anfang an.

Ich blickte in den runden Badezimmerspiegel. Ich hatte grüne Augen, dunkelblonde Haare. Sommersprossen auf der Nase. Ich ähnelte meiner Mutter sehr. Das wusste ich, denn als sie noch lebte, haben es die Leute ständig gesagt. Aber heute sah ich es zum ersten Mal. Ich sah Maggie Evans in meinen Gesichtszügen. Sie war mir ganz nah in diesem Moment. Meine Nervosität verschwand. Ich fühlte mich stark.

Ich setzte meine Mütze auf und schwang mich auf mein Rad. Der Tennisplatz lag auf halbem Weg zwischen unserem Cottage und Blake Hall. Auf der Längsseite des Platzes waren Stühle aufgestellt. Die Diener servierten Getränke. Etwas abseits des Platzes unter einer Erle entdeckte ich den Chauffeur Craig Larson. Ich fuhr zu ihm hin.

»Henry«, begrüßte er mich, »gleich beginnt das Tennisturnier. Bleib hier und guck zu.«

Man hatte gute Sicht auf das Geschehen. Die ganze Gesellschaft war in Weiß gekleidet, Schneeweiß. Selbst als meine Mutter noch unsere Wäsche besorgt hatte, waren unsere Sachen nie so weiß gewesen. Ich entdeckte Rose sofort. Ihr ärmelloses Kleid reichte über die Knie, die Haare waren zu Zöpfen geflochten. Sie stand etwas abseits und konzentrierte sich. Ihre Augen schienen nach innen zu blicken, und der Mund war leicht geöffnet. Sie hielt einen Tennisschläger in ihrer rechten Hand. Die anderen standen in Grüppchen zusammen oder saßen auf den Stühlen. Tranken und unterhielten sich. Worte waren nicht auszumachen, dafür stand ich zu weit weg.

Es war schwer zu sagen, wer von den Jungs Rose' Brüder waren, wer die Söhne der anderen Familien und welches von den Ehepaaren die Blakes. Rose sah niemandem ähnlich, zumindest nicht offensichtlich.

Aber Craig verschaffte mir Klarheit.

»Das Mädchen mit den Zöpfen ist Rose Blake«, sagte er.

Fast hätte ich gesagt ›Weiß ich‹, besann mich aber und sagte: »Aha.«

»Der Junge mit den Locken, rechts außen, ist Cooper, und der große Schlanke mit den schwarzen Haaren ist Liam, der älteste Sohn der Blakes.«

Cooper saß mit vorgebeugtem Oberkörper auf einem Stuhl. Sein Blick war auf den Boden gerichtet. Er passte nicht in das Bild, aber anders als Rose. Zwar war auch sie von den Menschen distanziert, aber mehr als alle anderen mit dem Tennisplatz verbunden.

Liam, der wie ein Filmstar aussah, schien der Mittelpunkt des Geschehens zu sein. Die anderen jungen Leute standen im Halbkreis um ihn herum, während er sprach.

»Und der Herr mit den schwarzen Haaren, dem Dale gerade ein Glas reicht, ist Mr. Blake. Die hochgewachsene Dame neben ihm ist Mrs. Blake«, sagte der Chauffeur.

Liam hatte das schwarze glänzende Haar seines Vaters geerbt und die Statur seiner Mutter.

In diesem Moment rief Mr. Blake Liam etwas zu. Das Turnier würde gleich beginnen.

»In den ersten Runden spielen sie nur ein Spiel, bis die zwei Finalisten feststehen. Dann spielen sie ein komplettes Match. Drei Gewinnsätze«, erklärte mir Craig. »Das Finale wird morgen stattfinden.«

Ich wusste weder, wie man beim Tennis Punkte zählte, noch waren mir die Regeln vertraut. Aber Craig sollte mir helfen, das Spiel zu verstehen.

Mrs. Blake stand auf, eine silberne Schale in den Händen.

»Sie losen aus, wer gegen wen spielt«, sagte Craig.

Mrs. Rutherford fischte zwei Zettel aus der Schale und sagte so laut, dass wir es hören konnten:

»Ian Asbury gegen Alice Rutherford.«

Ian war der älteste Sohn der Asburys und Alice die Tochter der Rutherfords. Beide etwa gleich alt. Sie reichten sich die Hand.

Eine Münze entschied, dass Alice aufschlug.

Der erste Ball ging ins Netz. Der zweite drüber. Ian schlug zurück, und Alice bekam den Ball nicht. Sie lachte. 0/15. Doppelfehler bei Alice' nächstem Aufschlag. 0/30. Dann ein kurzer Ballwechsel. Aber auch diesen Punkt gewann Ian. 0/40.

Ian würde in die nächste Runde kommen. Applaus.

Jetzt zog Mrs. Asbury zwei Zettel aus der Schale und verkündete:

»Andrew Asbury gegen Cooper Blake.«

Zwar waren Andrew und Cooper etwa gleich groß und im selben Alter, aber Andrew hatte breite Schultern, muskulöse Arme und Beine, Cooper war ein schlaksiger Junge.

Auch sie schüttelten einander die Hand. Die Münze entschied, dass Andrew aufschlug.

Ass. 15/0.

Cooper bekam den nächsten Ball und schien verwundert, dass er ihn tatsächlich getroffen hatte, und noch mehr erstaunt, dass Andrew seinen Retourball verfehlte.

15/15.

Aber bald schon stand es 40/15.

Das nächste Paar: Liam Blake gegen Mr. Teddy Asbury.

Beide spielten gut, die Ballwechsel waren lang.

Es stand 30/15 für Liam. Mr. Asbury rannte, schmetterte den Ball zurück.

Liam traf den Ball, aber nur mit dem Rahmen des Schlägers, der Ball sprang seitwärts und landete vor meinen Füßen. Die ganze Gesellschaft blickte zu Craig und mir. Ich nahm den Ball, rannte zum Platz und überreichte ihn Liam.

»Danke, und du bist …?«, fragte er freundlich.

»Henry. Henry Evans, Sir. Ich bin der Sohn des neuen Gärtners.«

Liam lächelte. »Henry, möchtest du unser Balljunge sein?«

»Ja, Sir … Was muss ich tun?«

»Du hockst dich ans Netz und sammelst die Bälle ein, die wir verschlagen.«

»Gern, Sir.«

»Endlich haben wir einen Balljungen«, sagte er zu den anderen. »Darf ich vorstellen: Das ist Henry Evans.«

Und jetzt klatschte die Gesellschaft für mich.

Ich strengte mich an. Lief schnell, war niemandem im Weg. Ein Balljunge musste unsichtbar sein. Man war Teil, aber gehörte doch nicht dazu.

8

Der Balljunge

Nur drei kurze Blicke habe ich Rose zugeworfen, und nur einmal haben sich unsere Blicke getroffen. Ein flüchtiges Lächeln auf ihrem Gesicht, als ob sie sagen wollte: »Du hast es geschickt angestellt, Henry.«

Rose Blake und Ben Rutherford waren die letzten Namen, die gezogen wurden.

Ben war siebzehn, ein junger sportlicher Mann. Drei Köpfe größer als Rose. Ich empfand es als absolut unfair. Und Ben schien dieses Gefühl zu teilen. Er sagte, dass Rose entscheiden dürfte, wer aufschlägt. Sie sah ihn finster an.

»Oh nein«, sagte sie so laut, dass jeder es hören konnte. »Wir werfen eine Münze wie alle anderen. Und streng dich an. Ich bin gut. Ich wette, dass ich besser bin als du.«

»Rose«, rief Mr. Blake, »so viel Hochmut schickt sich nicht für eine junge Dame.«

Rose tat die Bemerkung ihres Vaters mit einem Schulterzucken ab. Ben lächelte.

Die Münze entschied, dass er aufschlagen würde.

Er ignorierte ihre Warnung – ein lascher Aufschlag. Rose schmetterte den Ball zurück, präzise, erbarmungslos. Ben bekam ihn nicht. Langsam schien er zu begreifen, dass dieses Mädchen eine ernsthafte Gegnerin war. 0/15.

Ein harter Aufschlag. Als Rose auch diesen Ball zurückschmetterte, änderte sich seine Haltung. Er strengte sich an. Es war Rose, die das Tempo bestimmte, und Ben, der dem Ball hinterherrannte. 0/30.

Aufschlag. Ass. Von meiner Position – ich hockte am Netz – konnte ich Rose fluchen hören. 15/30.

Der bisher längste Ballwechsel des Turnieres folgte. Sie schenkten sich nichts. Schweiß rann über Bens Stirn. Dicke Tropfen. Rose' Wangen waren gerötet, aber ihr Körper bewegte sich mit einer Leichtigkeit über den Platz, die Ben plump aussehen ließ.

Und dann schlug Ben den Ball ins Aus.

15/40.

Rose reckte ihre Faust in die Höhe. Applaus.

Ben verbeugte sich vor ihr.

Es folgten eine zweite und eine dritte Runde. Dann standen die Finalisten fest.

Liam und Rose Blake.

Ich sammelte die Bälle ein, die außerhalb des Platzes gelandet waren. Als ich fertig war, rief Liam mich zu sich.

»Danke, Henry«, sagte er und reichte mir ein Schälchen Erdbeeren mit Schlagsahne. So stand ich zwischen den Blakes, den Asburys und den Rutherfords. Auch Mr. Blake bedankte sich und sagte mir, dass ich meine Aufgabe exzellent erfüllt hätte.

»Spielst du auch Tennis?« Ich drehte mich um. Es war Rose.

»Ich … nein.«

»Vielleicht kann ich es dir beibringen. Ich brauche jemanden, mit dem ich üben kann. Und meine Brüder haben entweder keine Zeit oder keine Lust. Ich bin Rose«, sagte sie und zwinkerte mir zu.

»Ich bin Henry«, sagte ich und zwinkerte zurück.

»Willst du morgen wieder unser Balljunge sein?«, fragte Liam.

Ich nickte. »Gern, Sir.«

»Ich werde Henry Tennis beibringen. Dann habe ich jemanden, mit dem ich immer spielen kann«, sagte Rose zu ihrem Bruder.

»Das ist eine gute Idee«, sagte er und dann zu mir: »Hat Rose dich überhaupt gefragt, ob du das möchtest?«

»Ja, Sir … Ich möchte.«

Mr. Blake hatte unserer Unterhaltung zugehört. »Armer Henry«, sagte er lachend. »Rose hat ein neues Opfer gefunden.«

Als mein Vater am Abend nach Hause kam, erzählte ich ihm von dem Tennisturnier. »Und Liam, das ist der älteste Sohn der Blakes, hat mich zum Balljungen gemacht. Man sitzt am Netz, in der Hocke, und wenn ein Ball auf dem Platz liegen bleibt, rennt man blitzschnell, hebt ihn auf und rennt weiter und hockt sich wieder ans Netz. Man rennt zu der Seite, die am nächsten ist. Die Bälle, die weit weg landen, sammelt man nach dem Spiel ein. Man muss sich konzentrieren, weil man einfach verdammt schnell sein muss. Und ich hab's richtig gut gemacht. Mr. Blake hat mich gelobt, und ich habe Erdbeeren mit Sahne bekommen. Und Rose, Rose ist die Tochter der Blakes, will mir Tennis beibringen. Und alle waren so nett, und sie haben für mich geklatscht. Und morgen ist das Finale. Rose wird gegen Liam spielen. Sie ist die Beste … Und ich … ich bin wieder der Balljunge.«

Mein Vater lächelte. »Ich freue mich, dass du einen schönen Tag hattest. Und dass du dich nützlich machst.« Seine Stimme klang besorgt, er streichelte mir über den Kopf.

Er schien noch etwas sagen zu wollen, aber er schwieg. Wir aßen an diesem Abend im Cottage. Mein Vater kochte eine Art Eintopf mit Schweinefleisch.

»Ist es zu salzig?«, fragte er.

»Nein, es schmeckt gut«, log ich.

»Deine Mutter war eine großartige Köchin. Sie konnte aus nichts ein Festmahl bereiten.«

Ich nickte. Zwar hatte meine Mutter stets das Beste aus dem wenigen, das wir hatten, gemacht, aber Festmahle hatte es in London nie gegeben.

»Papa?«

»Ja.«

»Vielleicht werde ich Gärtner, so wie du«, sagte ich und dachte: Damit ich für immer hierbleiben kann.

Er lächelte. »Ich wusste nicht, dass du dich für Pflanzen interessierst.«

»Sehr«, sagte ich. Und um mich für meine Lüge zu bestrafen, nahm ich noch eine Kelle von dem salzigen Eintopf.

9
Das Finale

Das Finale fand nach dem Mittagessen statt. Ich war so aufgeregt, als ob ich selbst spielen und nicht nur Bälle einsammeln würde. Ich traf vor allen anderen ein und stellte einen Korb mit Bällen auf beide Seiten. Ich lief den Platz ab, sammelte ein paar Steinchen ein und spannte das Netz nach. Dann rückte ich die Stühle zurecht. Ich war so vertieft in meine Arbeit, dass ich Liam und Mr. Blake nicht bemerkt hatte.

»Henry«, sagte Mr. Blake, »du bist ein wahrer Gewinn für unser Turnier.«

Ich sah auf. Mr. Blake und Liam lächelten mich an. »Danke, Sir«, sagte ich leise.

Nach und nach versammelte sich der Rest der Gesellschaft. Diener kamen mit Getränken.

Rose beachtete mich nicht, sie beachtete niemanden. Sie war ganz in sich gekehrt. Doch kurz vor Spielbeginn lief sie zum Netz. Ich hockte bereits in meiner Startposition. »Wünsch mir Glück, Henry.«

»Viel Glück, Rose. Du wirst gewinnen!«

Alice Rutherford warf die Münze. Zahl. Liam würde als Erster aufschlagen. Ian und Andrew Asbury wurden als Linienrichter bestimmt. Es wurde still.

Liam und Rose gaben sich die Hand.

Beide waren gut. Die Ballwechsel lang. Mal machte Rose einen Punkt, mal Liam. Rose fluchte, wenn sie einen Ball nicht bekam oder ins Aus schlug.

Sie diskutierte mit den Linienrichtern.

»Du bist ganz schön blind«, schnauzte sie Ian laut an und lief auf ihn zu. Einen Moment lang dachte ich, sie würde ihm eine hauen. Ian glaubte das anscheinend auch, er wurde ganz bleich im Gesicht. Rose hätte sich bestens in unserer alten Londoner Straße behaupten können.

»Rose«, rief Mr. Blake, »es reicht langsam. Noch eine Beleidigung, und du bist disqualifiziert.«

Ihre Wangen glühten vor Wut, aber sie gehorchte. Fluchte nur noch zwischen zusammengebissenen Zähnen und akzeptierte die Entscheidungen der Richter wortlos mit gesenktem Haupt. Nur ich konnte sehen, dass sie die Augen verdrehte und schnaubte.

Sie gewann den ersten Satz 6:4.

Den zweiten gewann Liam 7:5.

Dann gab es eine Pause. Winzige Sandwiche wurden gereicht. Ich sammelte alle Bälle ein, stellte mich etwas abseits und hoffte, dass mir jemand ein Sandwich anbieten würde. Aber Liam und Mr. Blake waren in eine Unterhaltung vertieft. Rose saß auf einem Stuhl und starrte zu Boden. Ich ließ meinen Blick über die essenden Menschen wandern. Vielleicht würde einer ihn erwidern und mich zu sich winken. Aber niemand schien mich zu sehen. Ich lief den Platz auf und ab, fummelte an den Körben herum, hustete laut.

Und lauschte, ob jemand meinen Namen rufen würde.

»Das Spiel geht weiter«, sagte Liam.

Mein Magen knurrte, und mein Mund war trocken. Ich ging auf meine Position.

Wenn ich rannte, wurde mir ein bisschen schwindelig.

Es stand 6:6. Tiebreak. Das Spiel zog sich hin. Natürlich wollte ich, dass Rose gewann, aber ich hatte so schrecklichen Durst, dass ich vor allem das Ende herbeisehnte.

Und dann stand der Sieger fest: Liam.

Rose knallte ihren Schläger auf den Boden. Liam lachte.

»Rose«, sagte er, »es ist nur ein Spiel.«

»Aber ich hätte gewinnen sollen. Die Schiedsrichter waren auf deiner Seite.«

Liam sprang über das Netz, legte seinen Arm um Rose. »Beruhig dich, sonst wird Papa wütend«, sagte er leise. »Komm und sei lieb.« Er zog sie mit sich, aber sie löste sich aus seiner Umarmung und rannte zu mir.

»Heute Nacht auf unserem Baum. Um Mitternacht. Ich kann vorher nicht weg.«

»Ich glaube nicht, dass mein Vater mich so spät …«

»Henry, heimlich. Steig aus dem Fenster oder so. Denkst du etwa, ich darf um Mitternacht raus?«

So schnell ich konnte, sammelte ich die Bälle ein. Als ich fertig war, hatte sich die Gesellschaft aufgelöst. Auch die Diener waren verschwunden. Dieses Mal erhielt ich weder Applaus noch Erdbeeren.

Ich schwang mich auf mein Rad und fuhr zum Dienstboteneingang. Ich rannte die Treppen hinunter in die Küche.

»Fanny, bitte ein Glas Wasser«, sagte ich.

Ich trank vier Gläser, und dann gab mir Fanny einen Teller mit Mini-Sandwichen, die übrig geblieben waren.

Sie fragte mich nach dem Verlauf des Spiels.

»Liam hat gewonnen.«

»Dann wird die liebe Miss Rose schlechte Laune haben.«

»Sie hätte gewinnen sollen«, sagte ich. »Die Linienrichter waren parteiisch.«

Fanny lachte.

»Wirklich«, sagte ich. »Rose ... sie ist die Beste.«

Fanny sah mich an. »Du magst sie?«

»Ja«, sagte ich leise.

»Oh, Henry«, sagte die Köchin und tätschelte meine Wange.

10

Um Mitternacht

Ich lag in meinem Bett und hielt die Armbanduhr meiner Mutter in der Hand, die ich aus der Kommode im Wohnzimmer genommen hatte. Ich hatte keine eigene und konnte ja schlecht ständig in die Küche laufen, um nachzusehen, wie spät es war. Das Lederarmband war beige und ganz weich. Die Uhr und ihr Ehering waren der einzige Schmuck, den meine Mutter je besessen hatte.

Kurz vor Mitternacht stieg ich aus dem Bett, ich war komplett angezogen – mit Schuhen und allem. Das Fenster war angelehnt. Ich öffnete es, stieg heraus, zog es hinter mir zu. Ich nahm mein Fahrrad, schob es ein paar Meter, dann schwang ich mich auf den Sattel und fuhr, so schnell ich konnte. Nur der fast volle Mond erhellte den Park von Blake Hall.

»Henry.« Rose saß bereits auf einem Ast unseres Baumes.

»Rose«, flüsterte ich.

»Du kannst ganz normal reden, hier kann uns keiner hören.«

»Ja.« Wieder flüsterte ich.

Rose lachte. Ich kletterte zu ihr hoch.

»War es schwer?«, fragte sie, als ich neben ihr saß.

»Was?«

»Abzuhauen.«

»Nee.«

»Gut.«

»Warum … warum sind wir hier?«, fragte ich.

»Weil ich dich sehen will. Willst du mich nicht sehen?«

»Doch, natürlich«, sagte ich schnell.

»Solange die Asburys und die Rutherfords da sind, kann ich tagsüber fast nicht weg. Morgen gibt es ein Picknick. Ich hasse sie alle«, sagte Rose. »Besonders die zwei Asburys, die heute Schiedsrichter waren. Ian ist der Schlimmste.«

»Ja«, stimmte ich ihr zu. »Du … du hast echt gut gespielt.«

»Und trotzdem habe ich verloren!«

»Aber nur, weil sie parteiisch waren, diese Asburys.«

Rose lächelte. »Du hast es auch gesehen?«

Ich nickte, obwohl ich nicht wirklich wusste, ob die Asbury-Jungs an Rose' Niederlage schuld gewesen waren. Aber natürlich hielt ich zu ihr. »Das habe ich auch Fanny gesagt. Dass du nur verloren hast, weil sie nicht fair waren.«

»Unserer Köchin?«

Ich nickte.

»Sie hat sich wahrscheinlich gefreut, dass Liam gewonnen hat. Sie mag ihn viel lieber als mich.«

»Das glaube ich nicht.«

»Doch. Alle mögen Liam lieber als mich. Sie mögen auch Cooper lieber als mich.«

Ich dachte an den Cooper-Skandal und fragte Rose,

ob es wahr war, dass sie ihren Bruder überredet hatte, in den Saal zu reiten.

Rose schwieg einen Moment. »Ja«, sagte sie schließlich. »Ich fand's lustig, und Cooper auch ... Aber als sie Cooper zur Rede gestellt haben, hat er mich nicht verraten. So ist er.«

»Ich würde dich auch niemals verraten.«

»Ich weiß«, sagte Rose. »Und du hast es echt geschickt angestellt, dass du der Balljunge warst und so. Jetzt kann ich dir Tennis beibringen, und wenn man uns zusammen sieht, wird niemand etwas sagen. Und niemand wird dich wegschicken.«

»Kannst du mir morgen Tennis beibringen?«, fragte ich.

»Nein. Morgen ist das Picknick.«

»Dann können wir auch nicht schwimmen gehen?«

Sie schüttelte den Kopf.

»Wo macht ihr das Picknick?«, fragte ich.

»Keine Ahnung.«

»Ich war noch nie bei einem richtigen Picknick.«

»Ist nichts Besonderes. Man sitzt auf Decken und isst. Und man spielt Krocket. Und unterhält sich und bewundert die Aussicht. Ich würde lieber mit dir schwimmen gehen oder Tennis spielen.«

Wir saßen auf dem Baum, bis wir so müde waren, dass wir uns kaum mehr wach halten konnten. Ich brachte Rose nach Hause.

»Wann sehen wir uns wieder?«, fragte ich.

Sie zuckte mit den Schultern. »Ich finde dich schon.«

Ich fuhr zum Cottage, kletterte durch das Fenster, zog mich aus und fiel ins Bett.

Die Uhr lag neben dem Kopfkissen.

Ich strich mit einem Finger über das Lederband und schloss die Augen. Ich sah das Gesicht meiner Mutter, dann Rose, den Tennisplatz. Ich sah Fanny, unsere alte Wohnung in London, den Rosenbusch und dann einen Teller voller Mini-Sandwiche.

Es waren diese Sandwiche, die mich traurig machten. Ich wünschte mir, dass meine Mutter neben mir sitzen und singen würde. Wenn ich sie jetzt hören könnte, würde diese seltsame Traurigkeit sicher verfliegen. Ich versuchte, ihre Stimme heraufzubeschwören, aber bis auf das Zirpen der Grillen war es still. Und so sang ich. *Will you marry me, dear Ally, Ally Croaker?*

Aber ich fand keinen Trost in der einen Zeile, die ich wiederholte, bis ich einschlief.

11

Picknick in Lane Park

Am Morgen fuhr ich allein zum Schlammsee. Tauchte hinab. Aber auch heute sollte ich den Ring nicht finden. Ich radelte durch den Park. Hielt Ausschau nach den Picknickern. Vielleicht brauchte man ja auch beim Krocketspielen einen Balljungen. Ich fuhr den ganzen Park ab. Vergeblich. Dann fuhr ich zum Haus.

Im Speisezimmer saßen einige der Dienstboten zusammen und spielten Karten. Es ging laut zu. Wetten wurden abgeschlossen. Es wurde geschimpft und gelacht.

Fanny war allein in der Küche. »Die Herrschaften sind nach Lane Park gefahren. Sie werden erst zum Abendessen zurück sein. Ein paar Stunden frei, und schon geht es hier drunter und drüber.« Sie schnaubte wütend, fragte dann aber freundlich: »Möchtest du was zu essen?«

»Ich habe keinen Hunger … Wo ist Lane Park?«

»Lane Park?«

»Ja.«

»Herrje … Wo genau, weiß ich nicht.«

»Ist es weit weg von hier?«

»Nein, etwa eine Stunde mit dem Auto.«

»Gehört Lane Park auch den Blakes?«

»Nein, den Lanes.«

»Kennst du die Lanes?«

»Henry, lieber Henry, ich weiß, wer die Lanes sind, aber kennen? Nein.«

»Haben die Lanes Kinder?«

»Heute willst du es aber ganz genau wissen. Ja, die Lanes haben Kinder.«

»Wie viele?«

Fanny sah mich halb belustigt, halb besorgt an. »Ich glaube, zwei, wenn ich mich richtig erinnere.«

Ich hätte gerne noch mehr gefragt. Ob es Jungen oder Mädchen waren. Ob sie mit Rose befreundet waren. Ich war eifersüchtig auf sie alle: die Asburys, die Rutherfords, die Lanes. Sie durften mit Rose zusammen sein. Mit ihr auf einer Decke sitzen und Krocket spielen.

»Ich muss jetzt los«, sagte ich. »Bye, Fanny.«

»Bis heute Abend, Henry.«

Mein Vater hatte das Kochen so gut wie aufgegeben. »Bis heute Abend.«

Ich warf einen Blick in den Speisesaal. Es wurde noch immer gespielt und gelacht.

»Henry«, sagte Dale, »willst du mitspielen?«

»Nein, ich muss los.«

Ich fuhr zum Cottage und legte die Armbanduhr, die noch immer in meinem Zimmer war, zurück in die Schublade. Mein Blick fiel auf das Buch meines Vaters, das auf einem Regalbrett neben einer leeren Porzellanvase stand: *Vegetation of Britain*.

Ich setzte mich an den Tisch und blätterte in dem dicken Band. Die Seiten waren vergilbt und abgegriffen. In alphabetischer Reihenfolge wurden Bäume, Blumen und Sträucher beschrieben. Manchen war eine Zeichnung beigefügt. Es gab ein Kapitel über Rosenzucht, eins über Gemüseanbau, eins über Heilkräuter.

Ich fragte mich, ob ich das alles wissen müsste, wenn ich Gärtner werden wollte.

Ich ging zum Buchstaben E.

Die Esche (lateinisch Fraxinus excelsior), auch Gemeine, Gewöhnliche oder Hohe Esche genannt, gehört zu der Familie der Ölbaumgewächse. Sie kann eine Höhe von bis zu 40 Metern erreichen und bis zu 250 Jahre alt werden.

Ich überflog die nächsten Passagen: Blatt, Frucht, Blüte. Der letzte Abschnitt lautete »Die Esche in der Mythologie«.

In der nordischen Mythologie ist der Weltenbaum Yggdrasil eine Esche. Er bildet Mittelpunkt und Stütze des Kosmos. Er ist der größte und prächtigste Baum der Welt. Seine Äste breiten sich über neun Welten aus und erstrecken sich über den Himmel.

Ein Adler ohne Namen sitzt im Geäst. Der Baum hat drei Wurzeln. Eine führt in das Land der Riesen, an der zweiten nagt ein Drache, und die dritte nutzt ein Eichhörnchen, das zwischen Baumkrone und Wurzel hin- und herläuft.

Während ich über Yggdrasil las, sah ich Rose' und meinen Baum vor mir. Ich versuchte mir alles zu merken, um es ihr später erzählen zu können. Sie würde das Eichhörnchen besonders mögen.

Dann blätterte ich weiter und las ein paar Zeilen über den Kartoffelanbau.

Die Kartoffel wird im Frühjahr angebaut. Der Acker wird dafür schon im Herbst zuvor vorbereitet. Die oberen 20 Zentimeter werden mit dem Pflug umgegraben. Im Winter wird eine Begrünung angebaut. Grünpflanzen, die nicht geerntet werden. Sie sorgen dafür, dass der Boden gelockert wird.

Kartoffeln waren langweilig im Gegensatz zu Drachen und Riesen.

Beim Abendessen erfuhr ich, dass die Blakes beschlossen hatten, ein paar Tage in Lane Park zu bleiben. Zur Freude der Dienstboten, denn Fanny hatte die Nachricht erst erhalten, nachdem sie schon das Essen für die Blakes und ihren Besuch vorbereitet hatte. Nur ich bekam kaum einen Bissen runter.

12

Neun Welten

Drei Tage später klopfte es an der Tür unseres Cottages. Rose trug ein weißes Kleid. Ihre Haare waren mit einer Schleife zum Zopf gebunden. Sie hatte zwei Tennisschläger in der Hand. Ich lächelte. Rose war zu mir gekommen.

»Heute bringe ich dir Tennisspielen bei«, sagte sie.

Wir liefen nebeneinanderher. Ich schob mein Fahrrad.

»Wie war es in Lane Park?«, fragte ich.

»Gut«, sagte sie knapp.

»Was hast du so gemacht?«

»Ausgeritten. Und es gab einen Ball.«

»Einen Ball?«

»Ja.«

»Hast du getanzt?«

»Ja.«

»Mit ... mit wem?«

Sie lachte. »Mit vielen. Bist du etwa eifersüchtig, Henry?«

»Quatsch«, sagte ich schnell.

»Musst du auch nicht. Ich hätte auch mit dir getanzt, wenn du da gewesen wärst. Ich glaube sogar, ich hätte nur mit dir getanzt.«

»Wirklich?«

Sie nickte.

Meine Eifersucht verschwand, und einen Moment lang fühlte es sich so an, als ob ich tatsächlich in Lane Park gewesen wäre und die ganze Nacht mit Rose getanzt hätte.

Beim Tennisplatz angekommen, gab Rose mir einen Schläger und zeigte mir, wie ich ihn halten musste.

»Ich spiele dir ein paar Bälle zu, und du versuchst, sie zurückzuspielen«, sagte sie. »So habe ich es gelernt. Einfach machen, Henry.«

So verbrachten wir den Sommer. Wir schwammen und spielten Tennis. Talent hatte ich nicht. Es war harte Arbeit, aber langsam entwickelte ich mich zu einem mittelmäßigen Spieler. Laut Rose hatte ich einen viel zu schwachen Aufschlag, aber eine ganz gute Rückhand.

Manchmal trafen wir uns um Mitternacht auf der Esche. Ich hatte Rose von dem Baum Yggdrasil erzählt.

»Was für neun Welten?«, hatte sie gefragt.

»Weiß ich nicht. Da stand nur, dass die Äste neun Welten und den Himmel umspannen.«

Rose schloss ihre Augen, dann schüttelte sie den Kopf. »Ich kann es mir nicht vorstellen. Neun Welten. Den Rest irgendwie schon ... die Wurzel, die in das Land der Riesen führt, und das Eichhörnchen. Aber wie sehen die neun Welten aus?«

»Keine Ahnung. Ich habe gar nicht darüber nachgedacht.«

In den letzten Sommerwochen – immer dann, wenn die Blakes Besuch hatten – fanden Tennisturniere statt. Ich war nicht nur der Balljunge, sondern kümmerte mich auch um den Platz. Mit weißer Farbe zog ich die Linien nach. Mr. Rogers erlaubte mir, eine Mähmaschine zu nutzen, um den Rasen nachzuschneiden. Acht Millimeter war die gewünschte Höhe. Ich besserte braune abgetretene Stellen aus.

Das Spiel an sich faszinierte mich nicht – weder als Balljunge noch als Spieler oder Zuschauer. Aber Rose faszinierte mich. Wie sie auf dem Platz alles vergaß. Es gab nur den Ball, ihren Schläger und den Gegner, den es zu besiegen galt.

Ich zog gerade die Linien auf dem Platz nach, das Turnier war vorbei, der Besuch abgereist, als Rose zu mir kam.

»Meine Eltern sind in London«, sagte sie. »Willst du … willst du mein Zimmer sehen?«

Bisher hatte ich Blake Hall nur durch den Dienstboteneingang betreten und kannte auch nur die Küche und den Speisesaal des Personals. Allein die Eingangshalle war zehnmal, ach, zwanzigmal so groß wie unser Cottage. An den Wänden hingen Ölgemälde und an der Decke ein riesiger Kristallkronleuchter. Eine mit bordeauxrotem Teppich ausgelegte Treppe führte in das obere Stockwerk.

»Komm«, sagte Rose und nahm mich an die Hand.

Wir liefen die Treppe hoch, einen Gang entlang, bogen rechts ab, die vierte Tür, und dann standen wir in Rose' Zimmer.

Der Teppichboden war grün, so wie die Samtvorhänge. Ein Sekretär, ein Bett, ein Sofa, auch aus grünem Samt.

Ein begehbarer Kleiderschrank. Ein Kamin. Stuckengel an der hohen Decke.

»Und? Gefällt es dir?«

»Ja.«

Ich dachte an den Baum Yggdrasil und die neun Welten. Das Cottage war eine Welt und Rose' Zimmer eine andere. Beide in Blake Hall.

Und wenn zwei Welten an einem Ort existieren können, dann auch neun oder hundert.

»Woran denkst du gerade?«, fragte Rose.

»An nichts Bestimmtes«, sagte ich. Weil ich meine Gedanken nicht in Worte fassen konnte.

13
Nichts als Träume

Ich wusste, dass ich nicht auf dieselbe Schule gehen würde wie Rose und ihre Brüder. Liam und Cooper besuchten Harrow School, ein Jungeninternat in London, und Rose wurde von Privatlehrern zu Hause unterrichtet.

In meiner Klasse waren etwa fünfundzwanzig Kinder. Jungen und Mädchen. Aber wir waren nie vollzählig. Es fehlte immer jemand, weil er zu Hause helfen musste, wenn ein Elternteil oder Geschwisterkind krank war. Hier schien Blake Hall Lichtjahre entfernt zu sein.

Unser Lehrer Mr. Baker hatte graue Haare, hängende Augenlider und große Ohren. Er sah aus wie ein Basset Hound. Sein Rücken war gekrümmt, als ob er eine schwere Last tragen würde. Er war sanftmütig und gab sich Mühe, uns etwas beizubringen.

Manchmal las er uns Gedichte vor. Er stand auf, ein Buch in der Hand. Voller Inbrunst rezitierte er. Mit der freien Hand gestikulierte er, sein Gesicht bebte, die Hautlappen und die Ohren flatterten. Wir mussten uns zusammenreißen, um nicht laut loszulachen, weil er so grotesk aussah. Aber leises Kichern konnten wir uns nie verkneifen. Wir hörten nicht zu, hörten seine Worte nicht, die ihm so viel zu bedeuten schienen.

Nur einmal drang er zu mir durch.

»Hätt ich des Himmels reich bestickte Tücher,
bestickt aus Golden- und Silberlicht,
die dunklen, die blauen und die hellen Tücher,
aus Nacht, aus Tag und aus der Dämmerung,
legt ich die Tücher dir zu Füßen.
Doch ich bin arm und habe nichts als Träume,
so leg ich meine Träume dir zu Füßen.
Tritt leise, denn du trittst auf meine Träume.«

Als er fertig war, sah Mr. Baker uns an.

»Was will der Dichter uns sagen?«, fragte er, und wie immer zeigte niemand auf.

»Oliver? Hast du eine Idee?«

»Nee, Mr. Baker. Echt nicht«, sagte Oliver, der neben mir saß.

»Evie, du vielleicht?«

Evie, ein schüchternes Mädchen, schüttelte den Kopf.

»Keiner?«, fragte Mr. Baker, er klang traurig.

»Viellcicht …«, begann ich.

»Ja, Henry?« Er strahlte.

»Vielleicht … Wenn man reich ist, kann man jemandem einen Teppich aus Gold oder so geben, aber wenn man arm ist, dann … dann hat man nur seine Träume, die man geben kann. Und man will nicht, dass … dass jemand seine Träume zertrampelt, oder?«

Mr. Baker nickte. »Sehr gut, Henry. Eure Träume sind wertvoller als Gold und Silber. Wovon träumt ihr?«

»In der Nacht, oder was?«, fragte Ethan, der weder richtig schreiben noch lesen konnte.

»Am Tag«, sagte Mr. Baker.

»Ich träume nur in der Nacht«, sagte Ethan.

Und dann läutete die Glocke. Wir stürmten aus der Klasse, vorbei an Mr. Baker.

Ich ging nicht ungern zur Schule, doch sobald ich das Gebäude verließ, schwang ich mich auf mein Rad und fuhr, so schnell ich konnte, nach Blake Hall. Ich weiß nicht, warum, aber ich hatte immer Angst, dass Blake Hall nicht mehr da sein würde oder nie da gewesen wäre und nur in meiner Vorstellung existiert hatte.

Auch wenn ich wusste, dass es Blödsinn war, konnte ich dieses Gefühl nicht abschütteln. Jedes Mal, wenn ich schweißnass und atemlos Blake Hall erreichte, hätte ich vor Erleichterung losbrüllen können.

Meistens saß Rose vor dem Cottage und wartete auf mich. Ich erzählte ihr von der Schule, sie mir von ihrem Privatunterricht.

»Ich würde auch lieber in deine Schule gehen.«

»Warum tust du es nicht? In meiner Klasse sind auch Mädchen.«

»Weil meine Eltern das nie erlauben würde. Es ist eine Schule für … für Kinder von Dienstboten und so.«

»Ich weiß«, sagte ich.

Rose vermisste ihre Brüder. »Jetzt mäkeln sie nur noch an mir rum. Besonders mein Vater. Und die neue Französischlehrerin ist schrecklich. Sie denkt, ich habe nichts zu tun, außer Französisch zu lernen. Wie ist deine Französischlehrerin?«

»Ich habe keine. Wir haben nur Mr. Baker, und wir lernen kein Französisch.«

»Oh, Henry, wie ich dich beneide!«
»Kannst du was auf Französisch sagen?«
»Was soll ich sagen?«
»Irgendwas.«
Rose überlegte kurz. »*Nous sommes amis.*«
»Was heißt das?«
»Wir sind Freunde.«

14
Ohne Schuhe

Es war Oktober. Seit Tagen beherrschte nur ein Thema Blake Hall: Adolf Hitler. Ich hatte den Namen natürlich schon gehört und wusste, dass dieser Adolf Hitler Deutschland regierte. Anscheinend hatten unser Prime Minister Neville Chamberlain und ein paar andere Leute Hitler ein kleines Land geschenkt. Die Meinungen, ob das gut oder schlecht sei, gingen auseinander. Dale sagte, dass dadurch der Krieg verhindert wurde. Mr. Rogers behauptete, dass das Abkommen der Anfang vom Ende sei und es mit Sicherheit Krieg geben würde – früher oder später.

Ich verstand die Zusammenhänge nicht, aber ich hoffte, dass Dale recht hatte und es keinen Krieg geben würde.

In unserem Haus in London hatte ein Mann namens Pete Mules gewohnt, der im großen Krieg beide Beine verloren hatte. Die Deutschen hatten sie ihm mit einer Granate weggeschossen. Pete wohnte in der Parterrewohnung und kackte in einen Eimer, weil er mit dem Rollstuhl nicht auf das Plumpsklo im Hinterhof konnte. An einem Nachmittag haben meine Mutter und ich seine Hilferufe gehört und sind nach unten gelaufen. Pete lag auf dem Boden, hatte nur eine Unterhose an, neben ihm der umgekippte Rollstuhl. Zum ersten Mal sah ich seine nackten Stumpen. Ich konnte meinen Blick nicht abwenden. Petes Stumpen haben sich in mein Gedächtnis eingebrannt und tauchten immer vor meinem inneren Auge auf, sobald jemand vom Krieg sprach – vom großen, von längst vergangenen und von zukünftigen. Ich wollte niemals einen Krieg erleben, und schon gar nicht einen, in dem die Deutschen und ihre Granaten mitmischten.

Ende Oktober sorgte ein weiteres Ereignis für Aufregung in Blake Hall. Rose wartete vor dem Cottage, und als sie mich sah, rannte sie mir entgegen.

»Cooper ist von der Schule geflogen! Zu Hause ist die Hölle los. Ich habe meinen Vater noch nie so wütend gesehen«, sagte sie atemlos.

»Warum ist er von der Schule geflogen?«

»Er ist nachts abgehauen, und die Polizei hat ihn betrunken in London aufgegabelt. Er lag auf der Straße, hatte keine Schuhe an. Er hat ein blaues Auge. Und heute Morgen hat jemand von Harrow School angerufen, und Vater musste Cooper abholen.«

»Armer Cooper«, sagte ich.

»Ja, armer Cooper. Ich habe noch nicht mit ihm gesprochen. Sie sitzen in der Bibliothek, und mein Vater brüllt auf ihn ein, und meine Mutter musste sich hinlegen, weil sie schreckliche Kopfschmerzen bekommen hat.«

»Haben sie seine Schuhe gefunden?«, fragte ich.

»Glaub nicht«, sagte Rose.

»Gus, das war so ein Junge auf meiner alten Schule, hat sich einmal im Kings Pub betrunken. Er hat Gläser von Tischen geklaut, und je mehr er getrunken hatte, desto ungeschickter hat er's angestellt. Dann hat ihn einer erwischt. Der Typ ist so sauer geworden, dass er Gus rausgeschleift und verprügelt hat, und irgendwer hat Gus dann die Schuhe geklaut. Wochenlang ist er barfuß rumgelaufen.«

»Warum?«, fragte Rose.

»Na, weil er keine Schuhe mehr hatte.«

»Er hatte nur ein Paar Schuhe?«, fragte Rose ungläubig.

»Ja. Ich … ich habe auch nur ein Paar Schuhe.«

»Echt?«

Ich nickte.

»Cooper hat einen Haufen Schuhe. Die Schuhe sind nicht das Problem«, sagte Rose. »Ich muss jetzt zurück. Klavierunterricht.«

Beim Abendessen sprachen alle über Cooper. Mrs. Blakes Zofe Erin berichtete, dass die gnädige Frau ihr Schlafzimmer nicht verlassen habe.

»Herrscht Eiszeit da oben. Und Cooper hat ein ganz schönes Veilchen«, sagte Chris, der jüngste der Diener, und lachte.

»Was gibt es da zu lachen?«, fragte der Butler Mr. Ward streng.

Chris lief rot an. »Ich … also … Dass Leute wie die Herrschaften sich auch prügeln, ist …«

»Ist was?«, fragte Mr. Ward.

»Nichts«, sagte Chris schüchtern.

»Aber Mr. Ward«, sagte Dale, »es ist doch schon ein wenig amüsant.«

»Ich weiß nicht, was daran amüsant sein soll«, sagte der Butler.

Fanny seufzte. »Dabei ist Cooper doch so ein lieber Junge.«

»Ist doch auch nichts passiert. Er hat sich betrunken und geprügelt«, sagte einer der Stallburschen.

»Harrow School hat ihn rausgeworfen«, sagte Erin. »Das ist passiert.«

»Gibt Schlimmeres«, sagte der Stallbursche achselzuckend.

»Es ist eine Blamage für die Familie«, sagte Mr. Ward bestimmt. »Ein Fünfzehnjähriger, der sich in den Straßen Londons herumtreibt und betrinkt!«

»Man hat ihm die Schuhe geklaut«, sagte ich.

15
Amboss oder Hammer

Es begann wie ein ganz normaler Schultag. Es war Mittwoch, noch immer Oktober. Mr. Baker stand vor uns, ein in rotes Leder gebundenes Buch in seiner Hand. Er überflog die aufgeschlagene Seite. Dann klappte er das Buch zu und legte es auf sein Pult. Sein Blick wanderte von einem zum anderen. Er sah jedem von uns einen kurzen Moment lang direkt in die Augen. Die hängenden Wangen vibrierten. Seine Stimme – tief und laut – übertönte unser Kichern.

»Geh! Gehorche meinen Winken.
Nutze deine jungen Tage.
Lerne zeitig klüger sein:
Auf des Glückes großer Waage
Steht die Zunge selten ein;
Du musst steigen oder sinken,
Du musst herrschen und gewinnen,
Oder dienen und verlieren.
Leiden oder triumphieren,
Amboss oder Hammer sein.«

Wieder wanderte sein Blick von einem zum anderen. Unser Gekicher erstarb.

»Du musst steigen oder sinken«, flüsterte Mr. Baker, doch es war so still, dass jedes Wort zu hören war.

»Du musst herrschen und gewinnen,
Oder dienen und verlieren.
Leiden oder triumphieren.«

Er hielt inne, hob beide Arme in die Höhe, als ob er Gott anflehe, und nun dröhnte seine Stimme: »›Amboss oder Hammer sein.‹ Was werdet ihr sein? Amboss oder Hammer? Was? Oliver? Hanna? Rick? James? Evie? Henry? …«

Er nannte jeden Schüler beim Namen. Vergaß auch die fehlenden nicht. Als er den letzten Namen ausgesprochen hatte, fasste er sich an die Brust, sank auf die Knie und kippte zur Seite.

Keiner rührte sich, anscheinend dachten wir alle, dass Mr. Bakers Kniefall zu seinem Vortrag dazugehörte.

Aber dann ließ er ein seltsames Röcheln los.

»Mr. Baker? Mr. Baker?«, riefen wir.

Er antwortete nicht.

Ein paar von uns liefen zu ihm. Sein Gesicht war fahl. Die Augen geschlossen. Seine Lippen zuckten, Spucke rann aus seinem Mundwinkel.

»Mr. Baker? Mr. Baker?« Ich schüttelte ihn ganz sanft.

»Holt den Direktor!«, sagte jemand.

Drei Jungs rannten aus dem Zimmer und kamen mit unserem Direktor zurück.

Mr. Owen rief den Arzt an und schickte uns alle nach draußen. Wir standen da, keiner sagte was, wir schauten uns nicht einmal an.

Als man Mr. Baker abtransportiert hatte, versammelte uns Mr. Owen um sich und sagte, dass wir den Rest des Tages freihätten.

Normalerweise brachen wir in Jubel aus, wenn man uns aus irgendeinem Grund früher gehen ließ, aber nicht an diesem Tag.

»Was ist mit Mr. Baker?«, fragte James.

»Wir werden sehen. Er …«

»Ist er tot?«, fragte ein anderer.

»Nein, aber … Wir werden sehen.«

Schweigend holten wir unsere Sachen aus dem Klassenzimmer.

Wir mochten Mr. Baker, auch wenn wir bei seinen Vorträgen immer lachen mussten. Er war einer der wenigen Erwachsenen in unserem Leben, die uns ernst nahmen.

Ich schwang mich auf mein Rad und fuhr durch den Nieselregen nach Hause.

Es war nicht mal Mittag. Rose hatte noch Unterricht. Kurz überlegte ich, ob ich in den Schlammsee springen sollte, um ihren Ring zu suchen. Ich hatte mein Versprechen, jeden Tag nach dem Ring zu tauchen, nicht gehalten. Es war einfach zu kalt. Als ich es ihr gestanden hatte, hatte Rose gelacht und gesagt, dass es ja auch reichte, wenn ich im Sommer nach ihm suche.

Der Tennisplatz war matschig, schon seit Wochen konnten wir weder spielen noch konnte ich mich um den Rasen kümmern.

Obwohl ich nass war und fror, fuhr ich nicht direkt zum Cottage. Ich dachte an Mr. Baker. Hörte ihn sagen: »Was werdet ihr sein? Amboss oder Hammer?« Ich wollte, dass es still war in meinem Kopf, und trat fester in die Pedale. Als ob ich Mr. Bakers Stimme davonfahren könnte. Aber die Stimme fragte beharrlich: Henry, Amboss oder Hammer?

»Ich will, dass alles so bleibt, wie es ist. Ich will mit Rose auf unserem Baum sitzen, schwimmen und Tennis spielen. Ich will für immer in Blake Hall bleiben«, rief ich in den Regen.

Ich wusste nicht, ob ich Amboss oder Hammer sein wollte, ich wusste nicht einmal, was das genau bedeutete. Wenn ich nur für immer mit Rose zusammenbleiben konnte, war es mir egal, was ich war.

16

Leere Seiten

Am nächsten Tag kam der Direktor Mr. Owen in unser Klassenzimmer. Mr. Baker war nicht tot, aber halbseitig gelähmt. Er hatte einen Schlaganfall erlitten. Ab morgen würde Mr. Owen uns unterrichten, so lange, bis man einen neuen Lehrer gefunden hatte.

Der Direktor unterrichtete eigentlich nur die Sechs- bis Achtjährigen, Ms. Yates die Neun- bis Elfjährigen und Mr. Baker uns, die Zwölf- bis Vierzehnjährigen.

»Ms. Yates wäre besser«, flüsterte Oliver mir zu. »Ich guck gern die Riesenbrüste an.«

Die Brüste von Ms. Yates waren oft Thema auf dem Pausenhof. Sie waren wirklich riesig. Man musste einfach starren, ob man wollte oder nicht.

»Mr. Owen?«, fragte Evie leise.

»Ja?«

»Kommt Mr. Baker gar nicht wieder?«

»Wir werden sehen. Vorläufig nicht«, sagte er und schickte uns nach Hause.

Ich hatte Cooper nicht gesehen, seitdem er von der Schule geflogen war. Obwohl er derjenige der Blakes war, den ich am wenigsten kannte, mochte ich ihn – nach Rose natürlich – am liebsten. Vielleicht, weil er mich nie verunsicherte. Liam machte mich trotz seiner Freundlichkeit stets ein wenig befangen. Ähnlich verhielt es sich mit Mr. und Mrs. Blake. Die Angst, dass sie mich wie den Stallburschen George einfach wegschicken könnten, verschwand nie ganz. Cooper war anders. Während unserer bisher wenigen Wortwechsel hatte ich immer das Gefühl gehabt, ganz ich selbst sein zu können.

Als ich ihn nun auf dem Weg zum Cottage am Springbrunnen entdeckte, fuhr ich, ohne zu zögern, zu ihm hin. Er saß am Beckenrand. Block und Stift in der Hand. Sein Blick gedankenverloren auf die steinerne Frau und ihre drei Kindern gerichtet. Als ich näher kam, sah er auf.

»Henry, wie geht's?«

»Danke, Sir.«

»Henry, bitte. Sag einfach Cooper.«

»Danke, Cooper. Wie geht's dir?«

»Abgesehen davon, dass mein Vater nicht mehr mit mir redet und meine Mutter anfängt zu weinen, sobald sie mich sieht, ganz gut.«

»Sind sie noch immer sauer?«

»Ja.«

»Vielleicht … vielleicht kannst du auf meine Schule gehen. Ich weiß nicht, ob du schon zu alt bist, aber …«

Er lachte. »Das wäre ein Skandal. Cooper Blake drückt die Schulbank mit der Unterschicht. Mir würde es gefallen.«

»Hast du dich geprügelt in London?«

»Ich kann mich nicht erinnern. Ich war betrunken,

und es war … es war herrlich. Da draußen ist es so ganz anders. Da gelten andere Regeln als hier. Ich habe mich lebendig gefühlt, richtig lebendig. Hier und in meiner Schule ist alles so unecht … Man kann nicht sagen, was man denkt. Aber dir gefällt es hier, oder?«

»Sehr … Als wir in London gewohnt haben, da hatten wir manchmal nicht genug zu essen«, sagte ich. »Und viele Leute hatten keine Arbeit. Meine Eltern hatten Arbeit, aber sie hatten immer Angst, dass sie sie verlieren. Hier kann ich zu Fanny in die Küche gehen, wenn ich Hunger habe. Und unser Cottage ist groß und hat ein Badezimmer, ein richtiges Badezimmer. In London war unser Klo im Hinterhof, und es hat immer nach Kacke gestunken. Im Winter hat man sich den Arsch abgefroren, und im Sommer waren da Tausende Fliegen. Hier, ich meine, es ist … alles ist … der Park und euer Haus … und du magst es hier nicht?«

Cooper schwieg einen Moment lang. »Nein«, sagte er schließlich.

Ich konnte ihn nicht verstehen. »Du bist komisch, Cooper.«

»Wahrscheinlich«, sagte er und lachte.

»Was schreibst du da?«, fragte ich und deutete auf seinen Notizblock.

»Ein Gedicht«, sagte er. »Willst du es lesen?«

»Gerne.«

Er gab mir den Block. Leere Seiten.

Cooper lachte. »Ich bin noch nicht sehr weit gekommen.«

17
Der erste Kuss

In drei Tagen war Weihnachten. Die Familie war vollzählig, auch Liam war zu Hause. Schnee bedeckte den Park, und der Schlammsee war zugefroren. In der Küche von Blake Hall roch es nach Plumpudding. Fanny und ihre Küchenhilfen summten Weihnachtslieder, während sie kneteten und backten.

Fanny hatte verboten, in der Küche oder im Speisezimmer über den Krieg zu spekulieren. »Es ist Weihnachten. Schluss mit dem Gerede«, unterbrach sie jeden, der es wagte, auch nur eine Bemerkung über Deutschland zu machen. Noch immer teilten sich die Meinungen, ob es Krieg geben würde oder nicht. Aber alle waren sich einig, dass Hitler unberechenbar war.

Ich hatte meinen Vater gefragt, was er dachte. »Wenn der Krieg kommt, kommt der Krieg. Da haben wir keinen Einfluss drauf«, sagte er.

»Aber was glaubst du? Wird es Krieg geben?«, hakte ich nach.

»Was ich glaube, ist nicht wichtig.«

»Aber …«

Er sah mich an.

»Hast du Angst?«

»Angst?«

»Vor dem Krieg«, sagte ich.

»Auch Angst ändert nichts.«

Ich gab auf.

Rose und ich stapften durch den Schnee. Ich zog den Holzschlitten. Es gab einen Hügel in dem Park von Blake Hall, dort verbrachten wir unsere Nachmittage. Rose saß vorne, ich hinten. Wir lehnten uns weit zurück, um schneller zu fahren.

Auch bei den Blakes war der Krieg Thema.

»Mein Vater behauptet, es wird keinen Krieg geben, aber Liam ist anderer Meinung«, sagte Rose, als wir an diesem Tag zum vierzehnten Mal den Schlitten hochzogen. »Er geht zur Royal Air Force, um Pilot zu werden. Sie streiten den ganzen Tag. Und Cooper macht beide wahnsinnig. Er sagt, dass unsere Welt sowieso untergehen wird.«

»Die ganze Welt?«, fragte ich.

»Nee, nur Blake Hall und so. Reiche Leute. Er sagt, dass die Armen eine Revolution starten werden.«

Ich dachte an meinen Vater. Er würde sicher keine Revolution starten. Und ich auch nicht.

»Und glaubst du, dass es Krieg geben wird?«, fragte ich.

Rose zuckte mit den Schultern. »Und du?«

»Ich weiß es nicht. Ich hoffe nicht.«

Wir waren oben angelangt und setzten uns auf den Schlitten. Rose lehnte sich zurück, ich vergrub mein Gesicht im Pelzkragen ihres Mantels. Dreizehn Mal hatte ich der Versuchung widerstanden, meine Nase in das Fell zu drücken.

»Was machst du da?«, fragte sie.

»Es ist so weich«, sagte ich.

»Rotz nicht rein.« Sie lachte.

»Und so warm«, sagte ich.

Rose stieß mich mit dem Ellbogen an. »Henry, los jetzt!«

Ich lehnte mich zurück, und wir rasten den Hang hinab. Bevor wir unten angekommen waren, kippten wir samt Schlitten um und landeten im Schnee. Wir lagen nebeneinander und lachten.

»Hast du schon mal jemanden geküsst?«, fragte Rose unvermittelt.

»Meine … meine Mutter.«

»Sei doch nicht doof. Ich meine, ein Mädchen?«

»Nein«, sagte ich leise. »Hast du schon mal einen … einen Jungen geküsst?«

Blitzschnell raffte sie sich auf, beugte sich über mich und küsste mich auf den Mund.

»Jetzt haben wir beide geküsst«, sagte Rose, und wieder berührten ihre Lippen die meinen.

»Und magst du es?«, fragte sie.

»Was?«

»Küssen.«

»Weiß nicht. Und du?«

»Weiß auch nicht.«

Und dann taten wir es wieder. Vielleicht, weil wir es mochten, vielleicht, um herauszufinden, *ob* wir es mochten.

18

Mince Pies für Mr. Baker

Am Morgen des 24. schmückten mein Vater und ich das Cottage mit Tannen- und Mistelzweigen. Wir hatten keinen Baum, auch in London hatten wir nie einen aufgestellt. Aber meine Mutter hatte unsere winzige Wohnung immer mit Zweigen, Strohsternen und Kugeln in ein wahres Winterwunderland verwandelt. *Kein Baum* war sozusagen unsere Tradition.

»Mama hat es besser gekonnt«, sagte ich, als wir fast fertig waren.

»Ja«, sagte mein Vater und streichelte mir über den Kopf. »Jetzt fehlen nur noch die Socken.«

»Du hast sie mitgenommen?«

»Natürlich«, sagte er und holte aus seinem Schlafzimmer die drei großen roten Wollstrümpfe, die meine Mutter gestrickt hatte. Mit grünem Garn waren unsere Namen eingestickt.

John, Maggie, Henry.

Mein Vater schlug drei Nägel in die Wand über dem Kamin.

»Mamas auch?«, fragte ich.

Er nickte, und ich hängte die drei Strümpfe auf. Ich erinnerte mich, wie erleichtert ich war, als ich herausgefunden hatte, dass es keinen Weihnachtsmann gab.

Ich hatte nicht verstanden, warum er mir nie richtige Geschenke brachte. Ein paar Süßigkeiten, eine Orange, Nüsse. Weder den Fußball noch die Eisenbahn oder die Mundharmonika, die ich mir gewünscht hatte. Ich wusste, dass andere Kinder solche Sachen bekamen. Der Weihnachtsmann mag mich nicht, hatte ich gedacht. War ich so ein schlechter Junge?

Ich hatte meine Mutter gefragt, warum er mich nicht leiden konnte.

»Henry, er hat deine Geschenke sicher nur vergessen.«

»Er vergisst mich jedes Jahr.«

Ein Junge aus unserer Straße klärte mich auf. »Du Idiot, es gibt doch gar keinen Weihnachtsmann. Deine Eltern bringen die Geschenke. Du kriegst nichts, weil sie arm sind.«

Ich betrachtete die drei Socken.

»Glaubst du, dass Mama uns sehen kann?«, fragte ich.

»Ja«, sagte mein Vater bestimmt.

»Immer?«

Er nickte.

Einerseits war es ein tröstlicher Gedanke, aber andererseits … Immer? Wenn ich mit Rose allein war, wollte ich nicht beobachtet werden. Auch von meiner toten Mutter nicht.

Am Mittag besuchte ich Fanny in der Küche.

»Henry, willst du mir einen großen Gefallen tun?«, fragte sie. Sie deutete auf eine Tüte voller Mince Pies. »Bring die zu Mr. Baker.«

»Zu meinem alten Lehrer?«

»Er wohnt in dem gelben Haus neben der Fleischerei.«

»Du kennst ihn?«, fragte ich.

»Ja«, sagte Fanny.

Ich hatte Mr. Baker seit seinem Schlaganfall nicht mehr gesehen. Kurz vor den Ferien hatte Mr. Owen einen neuen Lehrer gefunden.

Ich nahm die Tüte und lief zum Cottage, um mein Fahrrad zu holen. Die Wege waren streckenweise vereist, trotzdem würde es mit dem Rad schneller gehen.

Ich klopfte an der Tür des gelben Hauses, die Tüte mit den Mince Pies in der Hand.

Eine junge Frau öffnete.

»Ja?«, fragte sie.

Ich streckte ihr die Tüte entgegen. »Für Mr. Baker von Fanny.«

Die Frau lächelte.

»Die Köchin von Blake Hall«, fügte ich hinzu.

»Das ist aber lieb. Komm rein. Mein Onkel freut sich sicher, wenn du sie ihm selbst gibst. Bist du einer seiner Schüler?«

»Ja. Henry. Henry Evans.«

»Ich bin Annie. Mr. Bakers Nichte«, sagte sie.

Ich folgte ihr. Wir gingen durch das Wohnzimmer. Ein dunkler, kurzer Flur. Zwei Türen auf der rechten Seite, eine auf der linken, vor der sie stehen blieb. Sie klopfte und öffnete, ohne auf eine Antwort zu warten.

»Neil, du hast Besuch.«

Das Zimmer war voller Bücher. In Regalen, auf dem Schreibtisch, auf dem Nachttisch.

Mr. Baker saß auf einem braunen Lehnsessel. Eine Decke über den Beinen. Sein Gesicht sah irgendwie schief aus. Eine Seite hing noch mehr als sonst herunter.

»Ery«, sagte er, »Hery.« Er konnte nicht richtig sprechen. Nur die linke Hälfte seines Mundes bewegte sich.

»Henry«, bestätigte ich und hatte Mühe, mir das Lachen zu verkneifen.

Mit dem linken Arm deutete er auf einen Stuhl. »Et di.«

»Setz dich«, sagte Annie.

Ich wollte nicht, aber tat es trotzdem.

»Ich bringe dir einen Tee, du bist sicher ganz durchgefroren«, sagte sie.

»Mr. Baker«, sagte ich, »das ist von Fanny.« Ich stellte die Tüte auf den Tisch neben seinen Sessel.

Mit der linken Hand griff er nach der Tüte, öffnete sie.

»Int Pa«, sagte er.

»Minces Pies«, sagte ich.

Er lächelte. Oder versuchte zu lächeln. Es sah aus, als würde er eine Grimasse schneiden.

Annie kam mit dem Tee und verschwand wieder.

Auf Mr. Bakers Schoß lag ein Buch, er hob es hoch.

»Ese.«

»Lesen?«

Er nickte. Ich stellte die Tasse ab, nahm das Buch.

Gedichte von William Shakespeare.

»Esen«, drängte Mr. Baker.

Ich schlug es irgendwo in der Mitte auf und begann.

»Leben
… Was ist Leben?
Ein Schatten, der vorüberstreicht!

Ein armer Gaukler,
der seine Stunde lang sich auf der Bühne zerquält und tobt;
dann hört man ihn nicht mehr.
Ein Märchen ist es,
das ein Tor erzählt,
Voll Wortschwall,
und bedeutet nichts.«

»Ohmal«, sagte Mr. Baker.

»Noch mal?«

Er nickte.

Und wieder las ich. Dieses Mal sprach Mr. Baker mit. Wie ein wahnsinniges Echo klangen die Laute, die er von sich gab.

»Ich … ich muss jetzt gehen, Mr. Baker«, sagte ich, als ich zu Ende gelesen hatte. Ich reichte ihm das Buch.

Er schüttelte den Kopf.

»Ür di.«

»Für mich?«

Er nickte.

»Danke.«

»Eihnaten.«

»Weihnachten«, sagte ich.

»Ja.«

»Frohe Weihnachten, Mr. Baker.«

19

Weihnachten auf Blake Hall

In der Nacht hörte ich meinen Vater im Wohnzimmer hantieren. Er füllte unsere Weihnachtsstrümpfe. Dann war es still, und ich wartete, bis ich sicher war, dass er schlief. Ich stand auf, nahm das Shakespeare-Buch und schlich ins Wohnzimmer. Es war stockdunkel. Ich zündete eine Kerze an. Alle drei Strümpfe waren prall gefüllt.

»Mama«, flüsterte ich, »ich gebe es Papa. Wenn du hier wärst, würde ich es dir schenken. Du fehlst mir … Weißt du, das Lied, das du immer gesungen hast, »Ally Croaker«. Ich kann mich nicht an die Worte erinnern. Heiratet sie ihn am Ende? Ich … Ein Mädchen hat mich geküsst. Rose … Falls du … falls du mich immer sehen kannst, mach bitte die Augen zu, wenn … also … falls sie mich noch mal küsst. Bitte. Uns geht's gut, Mama, auch wenn wir dich vermissen.«

Ich redete noch eine ganze Weile zu Mamas Strumpf. Es war, als ob sie wirklich hier wäre oder der Strumpf eine direkte Verbindung zu ihr herstellen würde. Als ich nichts mehr zu sagen hatte, stopfte ich das Buch in Papas Strumpf. Ich wusste nicht, ob mein Vater sich für Shakespeare oder Gedichte interessierte, aber es fühlte sich gut an, ihm etwas Richtiges schenken zu können und nicht nur ein selbst gemaltes Bild.

Ich widerstand der Versuchung, in meinen Socken zu schauen, pustete die Kerze aus und ging ins Bett.

Am nächsten Morgen tranken wir Tee und aßen Zimtsterne.

»Du zuerst«, sagte mein Vater.

Ich holte den Henry-Strumpf, setzte mich auf den Boden.

Schokolade, zwölf wunderschöne Glasmurmeln, eine Mütze aus einer festen, aber weichen Wolle und eine Mundharmonika. Sie lag in einem dunkelblauen Kästchen, ausgelegt mit rotem Samt.

Ich umarmte meinen Vater. »Danke«, sagte ich.

»Was ist … was ist in Mamas Strumpf?«

»Hol ihn.«

Er war gefüllt mit getrockneten Rosenblättern und einem kleinen Säckchen. »Was ist das?«

»Mach es auf.«

Ein feingliedriges goldenes Armband.

»So eins hat sie sich immer gewünscht«, sagte mein Vater. »Ich …« Er sprach nicht weiter.

»Da freut sie sich sicher«, sagte ich. »Und jetzt du.«

Mein Vater holte seinen Strumpf und zog das Buch heraus.

Er strich mit zwei Fingern über den Leineneinband. »Shakespeare«, sagte er und lächelte. »Danke, Henry. Das ist … das ist eine Überraschung.«

»Was hast du sonst noch bekommen?«, fragte ich.

»Nüsse.« Er lachte.

Am Nachmittag gingen wir zum großen Haus. Vor

dem Weihnachtsessen hatten die Blakes alle Angestellten in die Halle eingeladen, um den Weihnachtsbaum zu betrachten. Er war sicher sechs Meter hoch, behangen mit goldenen Kugeln und Ornamenten. Bienenwachskerzen brannten, und auf der Spitze des Baumes thronte ein Stern.

Die Dienstboten standen auf der linken Seite, die Blakes auf der rechten. Verwandte der Familie waren angereist. Zwei Schwestern von Mrs. Blake. Ein Cousin von Mr. Blake mit Frau.

Wir sangen alle zusammen »O Come, All Ye Faithful«. Dann hielt Mr. Blake eine Rede und bedankte sich bei allen für ihre Arbeit. Liam und Cooper überreichten jedem einen Umschlag außer mir. Ich bekam ein Päckchen. Einen Füllfederhalter, ein Tintenfässchen und eine Tafel Schokolade.

Während sich alle frohe Weihnachten wünschten, kam Rose zu mir. »Mitternacht, unser Baum«, flüsterte sie. »Ich habe was für dich.«

Bis zum Abend saßen wir im Dienstbotenspeisesaal. Aßen, tranken und spielten Karten.

Meine Gedanken waren bei Rose. Sie hatte etwas für mich. Ein Weihnachtsgeschenk. Und ich hatte nichts für sie. Kurz überlegte ich, ob ich das Armband stehlen sollte. Meine Mutter war tot, sie könnte es ja doch nicht tragen. Aber an Weihnachten etwas zu klauen, schien eine zu große Sünde zu sein. Vielleicht würde mein Vater es mir geben, wenn ich ihn fragen würde. Doch dann müsste ich ihm sagen, dass es für Rose war. Das würde er sicher nicht gutheißen.

Als wir wieder im Cottage waren, durchforstete ich mein Zimmer. Ich besaß wirklich nichts, was als Geschenk für Rose taugen würde. Ich fand eine leere Holzschachtel, legte ein paar der getrockneten Rosenblätter und sechs der zwölf Glasmurmeln hinein.

Um kurz vor Mitternacht stieg ich aus dem Fenster und rannte durch die eiskalte Nacht.

Rose lehnte an unserem Baum.

»Hier«, sagte sie und überreichte mir ein Paar Stiefel aus schwarzem Leder. Sie sahen schrecklich teuer aus.

»Frohe Weihnachten«, sagte sie.

»Rose … Das ist zu viel«, stammelte ich.

»Zu viel? Die haben Cooper gehört und passen ihm nicht mehr, und du hast nur ein Paar, hast du gesagt. Los, probier sie an.«

Ich zog meinen rechten Schuh aus, stützte mich am Baum und zog den Stiefel an. Er war etwas zu groß, aber mit zwei Paar Socken würde es gehen.

»Und?«

»Passen«, sagte ich.

»Zieh den anderen an.«

Ich tat es.

»Sehen gut aus«, sagte Rose.

»Ja. Danke. Aber was soll ich meinem Vater sagen?«

»Dass Cooper dir ein altes Paar Schuhe gegeben hat.«

»Weiß Cooper …«

»Ja«, sagte Rose.

»Danke.« Ich holte das Holzkästchen aus meiner Jackentasche. »Ist nur etwas Kleines … Ich …«

Rose öffnete das Kästchen und nahm eine der Murmeln heraus.

»Es sind sechs«, sagte ich, während sie die Murmel betrachtete.

»Danke, Henry.« Sie schien sich tatsächlich über meine bescheidene Gabe zu freuen.

Und ich wusste nicht, was mich in diesem Moment glücklicher machte: meine neuen Stiefel oder das Lächeln auf Rose' Gesicht.

1939

I

Das Geisterzimmer

Es war Ende Februar, und für wenige Wochen waren Rose und ich beide vierzehn.

»Ich bin trotzdem älter«, sagte sie.

Der Schnee war geschmolzen, es war noch immer bitterkalt. Wir saßen in einem der vielen Zimmer von Blake Hall. Ein ungeheiztes Gästezimmer, in dem seit Jahren niemand übernachtet hatte. Eine Tagesdecke aus Fell lag über dem Doppelbett. Die anderen Möbelstücke – ein Schreibtisch, eine Kommode, zwei Nachttische – waren mit Laken verhangen.

Wir hockten in Wintermänteln auf dem Bett. Dieses Zimmer war unser neuestes Versteck. Zwar hatte niemand offiziell verboten, dass wir zusammen im Haus waren, doch wir hielten unsere Freundschaft noch immer geheim. Wir küssten uns oft. Mittlerweile war ich mir sicher, dass ich es mochte.

»Rose?«

»Ja.«

»Was … was sind wir?«

»Was meinst du?«

»Sind wir Freunde oder ein … na ja … ein Paar?«

Sie legte ihren Kopf schief und betrachtete mich.

»Willst du, dass wir ein Paar sind?«, fragte sie.

»Ich glaube schon. Und du?«

»Warum nicht.«

»Also sind wir ein Paar«, sagte ich.

»Gut.«

Rose streckte sich aus und schloss die Augen.

»In diesem Bett ist meine Großtante Paula gestorben. Ich habe sie gefunden. Sie war zu Besuch, und als sie nicht zum Frühstück gekommen ist, bin ich hoch. Ich habe geklopft. Keine Antwort. Ich bin rein. Zuerst dachte ich, sie würde schlafen. Ich bin zum Bett gegangen. Sie lag da, Mund und Augen offen. Ich habe sie ganz leicht angestupst. Und dann habe ich's kapiert. Also, dass sie tot war.«

Rose öffnete ihre Augen und den Mund.

»So lag sie da … Sie war wirklich nett, aber niemand hat bei ihrer Beerdigung geweint. Warst du schon mal bei einer Beerdigung und niemand hat geweint?«

Ich schüttelte den Kopf und dachte an die Beerdigung meiner Mutter, die einzige, bei der ich bisher gewesen war. Eine Menge Leute waren gekommen. Und alle haben geweint. Alle. Wir haben meine Mutter verbrannt. Das hat sie sich gewünscht. Kein Grab. Sie wollte, dass ihre Asche im Wind fliegt. Und wie sie geflogen ist! Es war ein stürmischer Tag. Mein Vater hat die Schachtel geöffnet. Einen Moment lang konnte ich die Asche in der Luft sehen – grau, fast weiß. Ein Flöckchen ist auf meiner Hand gelandet. Ich wollte dieses Staubkorn bewahren, aber der Wind hat es davongeblasen.

»Ich habe versucht zu weinen«, sagte Rose, »aber ich konnte nicht.«

»Kanntest du sie gut?«, fragte ich.

»Ja. Sie war oft hier.«

»Schläft deshalb niemand mehr in dem Zimmer, weil sie hier gestorben ist?«

»Ja, aber niemand sagt es direkt. Meine Mutter behauptet, dass es hier drinnen spukt. Das macht meinen Vater wahnsinnig. Er hat kein Verständnis für solche Dinge. Er sagt, dass nur Waschweiber an Geister glauben.«

»Und du? Glaubst du, dass es hier spukt?«

»Nicht wirklich. Tante Paula war nicht besonders interessant. Ich glaube, wenn jemand als Geist zurückkommt, muss er irgendwie besonders gewesen sein, oder?«

»Ja«, sagte ich.

»Und überleg mal: Wenn du ein Geist wärst, würdest du dann in diesem Zimmer bleiben? Ich meine, dann würde ich doch im Haus rumwandern und so.«

»Vielleicht gibt es Regeln, wenn man ein Geist ist. Vielleicht kann man nur da sein, wo man gestorben ist.«

Wieder dachte ich an meine Mutter und hoffte, dass sie kein Geist war, gefangen in der winzigen Londoner Wohnung.

»Das ist doch Quatsch«, sagte Rose, »Regeln für Geister.«

Ich ließ ihr das letzte Wort und streckte mich neben ihr auf dem Bett aus.

»Regeln für Geister«, sagte Rose noch einmal und lachte. »So ein Quatsch.«

Sie griff nach meiner Hand.

Ich vergaß alle Toten, alle Geister. Es gab nur Rose

und mich. Wir waren lebendig und unsere Hände warm.

Dann küsste ich sie. Sonst hatte ich immer gewartet, bis Rose mich küsste. Ich war bisher zu feige gewesen, sie zuerst zu küssen, aus Angst, dass Rose mich zurückweisen könnte.

Aber jetzt tat ich es einfach, und sie wies mich nicht zurück.

Wir waren beide vierzehn und ein Paar.

2

Cooper verschwindet

Bevor es Frühling wurde, verschwand Cooper zum ersten Mal von Blake Hall. Sein Lehrer hatte vergeblich in der Bibliothek auf ihn gewartet. Mrs. Blake und die Dienstmädchen haben das Haus durchsucht. Jedes Zimmer – auch das Geisterzimmer.

»Er ist sicher im Park und hat es einfach nicht für nötig gehalten, zum Unterricht zu erscheinen«, hatte Mr. Blake versucht, seine Frau zu beruhigen. »Er ist doch kein kleines Kind, nur ein junger Mann ohne einen Funken Verantwortungsbewusstsein.«

»Ich habe ein schlechtes Gefühl. Seit Tagen ist Cooper so … so seltsam.«

Mr. Blake hat gelacht. »Cooper ist immer seltsam.«

Aber als er nach Mitternacht noch immer nicht zu Hause war, trommelte Mr. Blake das Personal zusammen. Der Chauffeur Craig Larson klopfte an unsere Tür und fragte, ob mein Vater bei der Suchaktion helfen würde.

»Natürlich«, sagte mein Vater, und dann zu mir: »Henry, geh zurück ins Bett.«

»Ich will auch helfen«, protestierte ich.

»Lass ihn mitkommen, John«, sagte der Chauffeur.

»Na gut.«

Schnell zogen mein Vater und ich uns an. Zu dritt fuhren wir zum Haus. Alle waren in der Eingangshalle versammelt. Auch Rose war da.

Mr. Blake verteilte Taschenlampen und Laternen, während Mrs. Blake blass und mit verweinten Augen auf der Treppe saß.

In kleinen Gruppen marschierten wir los. Rose und ich gingen nebeneinander. Wir hatten uns Dale und zwei Stallburschen angeschlossen. Bald ließen wir uns zurückfallen.

»Gib dir keine Mühe«, flüsterte Rose mir zu. »Er ist nicht hier.«

»Was?«

»Cooper ist in London.«

»Warum sagst du es nicht deinen Eltern?«

»Ich habe es ihm versprochen. Er kommt morgen zurück.«

»Aber …«

»Nichts aber«, sagte Rose. »Versprochen ist versprochen.«

»Aber deine Mutter … Ich glaube, sie macht sich wirklich Sorgen.«

»Ich habe es ihm versprochen.«

Nur das Licht der Taschenlampen erhellte die Nacht. Dutzende Stimmen riefen Coopers Namen.

Ich sah Rose an.

»Was?«, fragte sie schnippisch.

»Na ja, alle rennen mitten in der Nacht durch den Park und suchen Cooper, und Cooper ist in London.«

»Immerhin ist was los«, sagte Rose und lachte.

Jetzt musste ich auch lachen.

»Was macht er in London?«

»Er hat Freunde da.«

»Nicht, dass sie ihm wieder die Schuhe klauen«, sagte ich.

Und dann riefen wir Coopers Namen, lauter als alle anderen, und lachten ganz leise.

Etwa zwei Stunden später wurde die Suche abgebrochen. Wir versammelten uns wieder in der Eingangshalle. Natürlich hatte niemand Cooper gefunden.

Mr. Blake bedankte sich. Eine Weile standen alle herum und sprachen durcheinander, stellten Vermutungen an, wo Cooper sein könnte.

»Morgen verständigen wir die Polizei«, hörte ich Mr. Blake zu seiner Frau sagen, die noch blasser geworden war und weinte.

»Warum nicht jetzt?«, fragte sie. »Was, wenn ihm was passiert ist? Wenn er …«

Mir tat Mrs. Blake wirklich leid. Und die Polizei? Es war doch sicher nicht in Coopers Interesse, dass die Polizei eingeschaltet wurde. Ich sah Rose an. Sie erwiderte meinen Blick und schüttelte ganz leicht den Kopf.

Am nächsten Morgen, es war ein Samstag, parkte vor dem Haus ein Polizeiauto. Mr. und Mrs. Blake und zwei Polizisten standen neben dem Wagen und sprachen miteinander. Ich ging zum Dienstboteneingang. Rose lehnte an der Tür.

»Da bist du ja endlich«, sagte sie, obwohl wir nicht verabredet waren.

»Sucht die Polizei jetzt nach Cooper?«, fragte ich.
»Nein. Sie haben gesagt, dass wir bis zum Abend warten sollen.«
»Hat er dir gesagt, wann er zurückkommt?«
»Ich glaube, mit dem Drei-Uhr-Zug.«
»Gut«, sagte ich.

Tatsächlich tauchte Cooper am späten Nachmittag in Blake Hall auf.

Rose und ich waren im Geisterzimmer und konnten selbst dort oben hören, was sich in der Eingangshalle abspielte.

Die zornige Tirade des Vaters, die tränenerstickte Stimme der Mutter und Coopers halbherzige Entschuldigung.

Dann war es still.

»Komm«, sagte Rose.

Ich folgte ihr, wir schlichen den Korridor entlang. »Hier«, sagte Rose und öffnete die Tür zu Coopers Zimmer. Er lag in Mantel, Mütze und – zu meiner Freude – Schuhen auf dem Bett. Seine Arme hinterm Kopf verschränkt, ein zufriedenes Lächeln auf dem Gesicht.

»Cooper«, sagte Rose, »hier war ganz schön was los. Gestern Nacht haben alle nach dir gesucht. Aber ich habe kein Wort gesagt. Nur Henry habe ich's verraten. Heute Morgen haben sie die Polizei gerufen. Mama ist halb durchgedreht.«

Coopers Lächeln wurde noch breiter. »Es war grandios«, sagte er, ohne auf Rose' Bericht einzugehen.

»Was hast du in London gemacht?«, fragte ich.

»Getanzt, getrunken, die ganze Nacht. Das Leben ist herrlich«, sagte er, und dann schloss er seine Augen. »Ich muss eine Runde schlafen, Kinder.«

»Kinder«, sagte Rose empört.

»Wir sind alle Kinder«, sagte Cooper. »Auch du, meine liebste Rose.«

»Ich bin vierzehn«, sagte sie.

»Ich auch«, flüsterte ich.

Cooper lachte. »Lasst mich schlafen, ihr vierzehnjährigen Menschen.«

3
Versteinerte Herzen

Ende April kam Direktor Owen in unser Klassenzimmer. Mr. Powell, der Mr. Bakers Posten übernommen hatte, unterbrach das Diktat. Obwohl Mr. Powell uns nun seit fast vier Monaten unterrichtete, kannte er unsere Namen immer noch nicht. Er schien sich sowieso recht wenig für uns zu interessieren. Meistens diktierte er Aufsätze. Wir hatten jeder eine kleine Schiefertafel, und es störte ihn nicht, dass manche Kinder nur Kreuze auf ihre Tafeln kritzelten, weil sie nicht gut oder gar nicht schreiben konnten. Sobald Mr. Powell zu Ende diktiert hatte, sagte er: »Abwischen.«

Er warf nicht mal einen kurzen Blick auf unsere Tafeln. Das Ganze fühlte sich komplett sinnlos an. Auch der Inhalt der Texte, die er uns mit monotoner Stimme diktierte, hatte keine tiefere Botschaft. Wir vermissten unseren alten Lehrer. Seine dramatischen Gedichtvorträge. Das Gefühl, dass unsere Anwesenheit jemandem wichtig war.

»Ich habe eine traurige Mitteilung zu machen«, sagte der Direktor. »Mr. Baker ist gestern Nacht gestorben.«

»Oh nein«, sagte Evie, deren Stimme sonst nur ein Flüstern war, so laut, dass wir zusammenzuckten.

Trauer in den Gesichtern meiner Kameraden, selbst

in denen der hartgesottenen. Mr. Owen nannte uns den Termin der Beerdigung und sagte, dass der Unterricht an diesem Tag ausfallen würde, damit wir alle am Begräbnis teilnehmen können. Eine Trauerfeier würde anschließend in der Aula stattfinden.

Sobald der Direktor das Zimmer verlassen hatte, setzte Mr. Powell das Diktat fort. Ich hörte nicht zu. Ich schrieb Mr. Bakers Namen immer und immer wieder auf die Schiefertafel. Meine Gedanken waren bei ihm. Warum hatte ich ihn nach Weihnachten nicht noch einmal besucht? Er hätte sich sicher gefreut.

Hunderte kamen zu Mr. Bakers Beerdigung. Es schien, dass der ganze Ort sich versammelt hatte, um Abschied zu nehmen.

Dunkle Wolken bedeckten den Himmel. Der Priester las aus der Bibel:

»Alles hat seine Stunde. Für jedes Geschehen unter dem Himmel gibt es eine bestimmte Zeit:
Eine Zeit zum Gebären
und eine Zeit zum Sterben,
eine Zeit zum Pflanzen
und eine Zeit zum Abernten der Pflanzen,
eine Zeit zum Töten
und eine Zeit zum Heilen,
eine Zeit zum Niederreißen
und eine Zeit zum Bauen,
eine Zeit zum Lachen,
eine Zeit für die Klage
und eine Zeit für den Tanz …«

Viele weinten, während der Priester las. Ich dachte,

dass Mr. Baker diese Passage anders vorgetragen hätte. Ja, ich konnte ihn vor meinem inneren Auge sehen. Meinen Lehrer mit den hängenden Wangen, wie er seine Arme in die Höhe riss. Ich konnte ihn hören:

»Eine Zeit zum Lieben
und eine Zeit zum Hassen,
eine Zeit für den Krieg
und eine Zeit für den Frieden.«

Mr. Baker hätte jedes Wort so betont, dass man alles gespürt hätte. Die Liebe, den Hass, den Krieg und den Frieden.

Nach der Beerdigung gingen wir zum Schulhaus. In der Aula stand ein langer Tisch, auf dem Sandwiche, Pasteten, Kuchen und Getränke aufgebaut waren.

Mein Banknachbar Oliver stopfte alles, was er konnte, in seine Manteltaschen. Als sich unsere Blicke begegneten, zwinkerte er mir zu. Ich lachte laut. In dem Moment legte jemand seine Hand auf meine Schulter. Ich blickte auf. Es war Annie, Mr. Bakers Nichte. Ich verstummte, mein Gesicht wurde ganz heiß, so sehr schämte ich mich.

»Ich ... ich habe nur gelacht, weil ...«, stammelte ich.

»Henry, nicht wahr?«, fragte sie freundlich.

»Ja. Ich habe nur gelacht ...«, begann ich wieder. Ich wollte ihr sagen, dass ich nicht über Mr. Bakers Tod oder den Tod im Allgemeinen gelacht hatte.

»Lachen ist gut«, sagte sie. »Immer. Ich wollte dir nur sagen, dass mein Onkel dich sehr gemocht hat.«

»Mich?«, fragte ich erstaunt.

Annie nickte. »Er hat gesagt: Henry ist ein besonders kluges Kind.«

»Ich?«

»Ja«, sagte sie.

»Danke … Ich … ich mochte Ihren Onkel auch sehr. Wir alle mochten ihn.«

Annie lächelte. »Ihr Schüler wart ihm wichtig. Das Allerwichtigste. Er hat immer gesagt: ›Ihre Herzen dürfen nicht versteinern. Ich glaube, dass Poesie die beste Waffe ist. Zumindest die einzige, die ich kenne.‹« Ihre Augen glänzten.

»Er hat uns viele Gedichte vorgelesen«, sagte ich. »Ein paar waren echt gut. Eins ging um Träume und darum, wie wertvoll sie sind. Und ein anderes um Amboss und Hammer und dass man sich entscheiden muss, wer man sein will. Das war das letzte Gedicht, und dann ist er umgefallen.«

»Goethe«, sagte Annie.

»Was?«

»Ein deutscher Dichter. Er hat das Gedicht geschrieben.«

Wir schwiegen einen Moment lang.

»Hat sie geholfen?«, fragte Annie.

»Wer?«

»Die Poesie. Hat sie geholfen, dass eure Herzen nicht versteinern?«

Sie sah mich erwartungsvoll an.

Ich hatte nichts von der Gefahr geahnt, in der unsere Herzen sich offenbar befanden. Oder waren unsere Herzen versteinert? Vielleicht nicht alle, aber ein paar? Und konnten Gedichte wirklich bei so etwas wie einem versteinerten Herzen helfen? Während diese Gedanken durch meinen Kopf rasten, nickte ich. Grinste und nickte wie ein Idiot.

»Gut«, sagte Annie.

»Ja.«

»Komm doch morgen vorbei. Ich packe seine Sachen zusammen. Du kannst ein paar seiner Bücher haben, wenn du willst.«

»Danke«, sagte ich.

»Dann bis morgen, Henry.«

4

Tränen im Mai

Der Ball war drinnen«, rief Rose und rannte zum Netz.

»Nein«, sagte ich.

Der Ball war ganz klar im Aus gelandet. Ich hatte es gesehen und sie auch, und damit hätte ich den ersten Satz gewonnen. Rose lief zu mir, hämmerte mit dem Schläger auf die weiße Linie.

»Henry, er war drinnen!«, sagte sie. »Du bist ja blind.«

Ich zuckte mit den Schultern. »Wenn du meinst.«

»Sag das nicht so.«

»Wie ›so‹?«, fragte ich.

»Als ob du es nicht glauben würdest.«

»Du hast recht«, sagte ich.

»Gut«, sagte sie. »40/40.«

Ich spielte heute besser als jemals zuvor, und Rose war in einer seltsamen Stimmung. Sie machte eine Menge Fehler, wurde wütend, noch wütender als sonst. Ich beschloss, sie gewinnen zu lassen.

Es war ein ungewöhnlich heißer Maitag. Als wir unser Tennismatch beendet hatten – Rose hatte gesiegt –, schlug ich vor, zum Schlammsee zu fahren.

Zuerst wollte sie nicht, dann sagte sie: »Okay. Ich weiß aber nicht, ob ich ins Wasser gehe. Zu kalt.«

Wir waren beide verschwitzt, unsere Gesichter glühten, und die Sonne brannte.

Ich lachte. »Eiskalt.«

Sie warf mir einen finsteren Blick zu, der mein Lachen verstummen ließ.

»Wir können auch was anderes machen«, sagte ich.

Sie schüttelte den Kopf. Ich stieg auf mein Rad, und Rose setzte sich auf die Fahrradstange.

»Du fährst heute wie ein Idiot«, sagte sie, als wir fast am Waldrand angekommen waren.

Ich fuhr nicht anders als sonst.

»Tut mir leid«, sagte ich trotzdem.

»Warum entschuldigst du dich immer?«

»Ich ... weil ...«

»Schon gut«, sagte sie unwirsch.

Als wir durch den Wald liefen – ich schob das Rad, sie marschierte voran –, hörte ich Rose leise fluchen.

»Was ist los?«, rief ich.

Sie drehte sich zu mir um. »Nichts«, zischte sie und fluchte weiter.

Der Schlammsee funkelte im Sonnenlicht. Ich ließ mein Fahrrad fallen, zog mich blitzschnell aus und sprang hinein. Es gab fast kein schöneres Gefühl: kühles Wasser auf heißer Haut. Ich tauchte zum Grund, streckte meinen Arm aus, tastete nach dem Ring – vielleicht würde ich ihn heute finden, und dann würde Rose bessere Laune bekommen.

Aber der Ring blieb verschollen.

Ich schwamm zum Ufer.

»Komm rein!«, rief ich ihr zu.

Sie hockte ein paar Meter entfernt auf dem Boden und sah mich böse an.

»Rose, was ist los?«

Ich machte mich auf ein schnippisches ›Nichts‹ gefasst, aber der Zorn in ihren Augen verschwand, und Tränen rollten über ihre Wangen.

Ich hatte Rose noch nie weinen gesehen. Ich zog mich aus dem Wasser und lief zu ihr. Ich setzte mich neben sie, nahm ihre Hand und drückte sie.

»Was hast du?«, fragte ich leise.

Zuerst schüttelte sie den Kopf, dann sagte sie: »Ach … ich … Es ist … Ich bin vierzehn und …« Wieder Kopfschütteln. »Wenn ich's dir erzähle, darfst du nicht lachen oder so.«

Ich nickte.

Sie holte tief Luft. Sah zum Himmel. »Wusstest du, dass Mädchen … das wenn sie … man blutet. Weil … Es hat etwas damit zu tun, dass man … dass man Kinder kriegen kann. Jedenfalls man blutet, und das passiert jetzt einmal im Monat … Es ist … es ist irgendwie … irgendwie schrecklich. Es fühlt sich so komisch an.«

Ich hatte keine Ahnung, wovon sie sprach, obwohl ich so einiges übers Kinderkriegen wusste. Ich wusste, wie man's macht – theoretisch –, und dass Frauen schwanger werden, wenn man nicht aufpasst. Und dass man das Kind mit einem Drahtbügel wegmachen kann, bevor es ein echtes Kind wird. Shannon, die im Haus nebenan gewohnt hatte und deren Brüste man für zwei Zigaretten anfassen durfte, hat das mehr als einmal gemacht. Die älteren Jungs in unserer Londoner Straße haben ständig darüber gesprochen, sie haben uns jüngeren eine ganze Menge erklärt. Aber von blutenden Mädchen hatte mir niemand erzählt.

»Wo … wo blutest du?«

»Zwischen den Beinen.«

»Deshalb willst du nicht ins Wasser?«, fragte ich vorsichtig.

Sie nickte.

»Aber mit den Füßen kannst du rein«, sagte ich.

Rose zog ihre Socken und ihre Schuhe aus, und wir gingen zum Ufer. Ich hielt ihre Hand ganz fest.

»Tut … tut es weh?«, fragte ich.

»Nicht wirklich. Ein bisschen.«

»Und …«

»Henry«, unterbrach sie mich, »können wir bitten nie mehr darüber sprechen.«

Dann drückte sie meine Hand und lächelte zum ersten Mal an diesem Maitag.

5
Londoner Nächte

Als der mittlerweile sechzehnjährige Cooper im Juni zum vierten Mal verschwand, suchte niemand mehr nach ihm. Die Blakes wussten, dass er in London war und sich mit – wie sie es nannten – zwielichtigen Gestalten herumtrieb.

Mr. Blakes Zorn auf seinen Sohn war so groß, dass er ihn von Blake Hall verbannen und enterben wollte. Doch Mrs. Blake flehte. »Er ist anders als Liam und Rose«, sagte sie mit heiserer Stimme. »Sensibler. Und es ist nur eine Phase. Es wird vorübergehen. Du kannst ihn nicht verstoßen. Er ist unser Sohn.«

Mr. Blake hatte weder Verständnis für Coopers Sensibilität noch für eine Phase, die sich in trunkenen Nächten in Londoner Spelunken und Gott weiß was noch äußerte. Doch er brachte es nicht fertig, seine Frau unglücklich zu machen. Und so wurde Coopers Kommen und Gehen offiziell ignoriert. Mrs. Blake weinte allein im Salon um ihren Sohn, und Mr. Blake grollte Cooper allein in der Bibliothek. Diener und Zofen waren stumme Zeugen. Ähnlich besorgt wie die Mutter zeigte sich Fanny.

»Ach, der arme Cooper. Der arme, arme Cooper ist auf den falschen Weg geraten … Die Polizei sollte eingreifen. Wer gibt denn dem Jungen Schnaps? Er ist doch noch ein Kind«, sagte sie.

»Laut Gesetz ist es erlaubt, einem Sechzehnjährigen Alkohol auszuschenken, solange er mit einer Mahlzeit serviert wird«, sagte der Diener Dale.

»Papperlapapp. Das ist nicht recht. Die Polizei sollte …«

»Das ist kein Papperlapapp, sondern das Gesetz. Außerdem glaube ich, dass Schnaps Coopers geringstes Problem ist«, unterbrach Dale sie.

Fanny sah ihn fragend an. »Was meinst du damit?«

»Ach, nichts«, sagte er und verließ schnell die Küche.

Fanny streichelte mir über den Kopf. »Du … du wirst nicht auf den falschen Weg geraten, Henry.«

»Nein«, sagte ich bestimmt. ›Ich hoffe nicht‹ wäre die ehrlichere Antwort gewesen. Aber ich wollte der Köchin keinen zusätzlichen Anlass zum Jammern geben.

»Der armer Cooper …«, seufzte sie. »Ich kenne alle drei Blake Kinder seit ihrer Geburt. Cooper war immer der Liebste, ein so sanftes Gemüt. Liam hat einen starken Charakter und Verantwortungsbewusstsein. Rose ist stur wie eine Herde Ochsen. Um die beiden muss man keine Angst haben, musste man nie … Aber Cooper … Ach, der arme Cooper.«

Fanny schnitt Kartoffeln in Würfel und sagte immer wieder: »Ach, ach …«, und schüttelte heftig den Kopf.

Während Hausherrin und Köchin ihn beweinten und der Vater ihm zürnte, schien der arme Cooper sich prächtig zu amüsieren.

Manchmal erzählte er Rose und mir von seinen Nächten in London. Einem namenlosen Tanzlokal in einem Kellergewölbe. Nur Eingeweihte wussten um den Ort. Und Cooper war einer von ihnen. Eine Band, die bis zum Morgengrauen spielte. Und Cooper tanzte – am liebsten mit Pott, einem einbeinigen Ex-Matrosen.

»Wie kann er denn mit einem Bein tanzen?«, fragte Rose.

»Er hat ein Holzbein.«

»Und warum tanzt du mit einem Mann?«

»Weil er der beste Tänzer ist.«

»Trotzdem, mit einem Mann?« Rose verzog das Gesicht.

Dass es Hinterzimmer gab, berichtete Cooper, in denen man rauchen konnte.

»Warum kann man denn nicht im Lokal rauchen?«, fragte Rose.

»Weil man etwas anderes als Zigaretten raucht.«

»Zigarren?«

Er schüttelte den Kopf.

»Pfeifen?«

»Etwas anderes«, sagte Cooper.

»Was gibt es denn noch außer Pfeifen, Zigaretten und Zigarren?«

»Nicht so wichtig, liebe Schwester.«

Ich versuchte, mir das Tanzlokal mit seinen Hinterzimmern vorzustellen, sah aber immer nur den Kings Pub vor mir. Getanzt wurde dort nie, aber es gab regelmäßig Schlägereien. Das Hinterzimmer war ein kleiner dunkler Raum, in dem der Wirt eingemachte Gurken lagerte.

»Cooper, was kann man noch rauchen?«, hakte Rose nach.

Er überging ihre Frage und erzählte von Stella, einer Handleserin mit zwei goldenen Schneidezähnen.

Jetzt lächelte ich. Einer der wenigen weiblichen Stammgäste im Kings Pub war auch eine Handleserin gewesen. Sie hieß Mrs. Goush. Sie hatte keine goldenen Schneidezähne, sie hatte sowieso nur wenige Zähne. Und wenn man ihr ein Bier kaufte, las sie einem aus der Hand. Prophezeite jedem eine rosige Zukunft. Große Gewinne und glückliche Ehen. ›Wann?‹, fragten die Männer, die ihr Geld versoffen oder auf falsche Pferde gesetzt hatten, die nicht nach Hause wollten zu ihren verzweifelten Frauen und hungrigen Kindern. ›Bald schon. Bald schon‹, sagte Mrs. Goush. Und dann freuten sich die Männer so sehr, dass sie ihr noch ein Bier spendierten.

»Hat sie dir auch aus der Hand gelesen?«, fragte Rose ihren Bruder.

»Ja.«

»Und was hat sie gesagt?«

»Dass wir alle verdammt sind.«

»Wer ›alle‹?«

»Alle, Rose, alle.«

Rose stampfte mit dem Fuß auf. »Ich bin nicht verdammt.«

Cooper lachte.

»Warum lachst du?«

»Weil das Leben ein Witz ist, ein einziger Witz.«

»Sag so was nicht. Warum sagst du so was?« Rose ballte die rechte Hand zur Faust.

»Du wirst schon sehen. Ein einziger Witz«, sagte er.

Rose löste ihre Finger und griff nach meiner Hand. »Komm, Henry. Wir gehen.« Und dann zu Cooper: »Du spinnst ja.« Sie zog mich mit sich, und wir ließen Cooper am Springbrunnen zurück. Ich hätte ihm gerne von meiner Londoner Handleserin erzählt, aber natürlich folgte ich Rose.

»Glaubst du, dass ich verdammt bin?«, fragte sie, als wir in unserem Baum saßen.

»Nein«, sagte ich bestimmt. »Vielleicht alle anderen, aber du … Nein.«

Sie sah mich skeptisch an. »Warum bist du dir da so sicher?«

»Weil … weil du … Weil es nicht sein kann. Und außerdem ist dieses ganze Handlesen Quatsch.« Ich erzählte ihr von Mrs. Goush.

Noch lag Zweifel in ihren Gesichtszügen.

»Sie sagen dir, was du hören willst, für ein Bier oder was auch immer«, setzte ich nach.

Rose überlegte, und ich dachte schon, dass ich sie von meiner Theorie überzeugt hätte. Aber dann sagte sie:

»Deine Mrs. Goush sagt den Leuten, dass alles gut wird, aber diese Stella … Ich meine, wer will denn hören, dass er verdammt ist?«

Darauf hatte ich keine Antwort.

6
Einladung nach Wimbledon

Vor der Verdammnis kam Wimbledon.

Mr. Blake hatte drei Karten für das Finale der Frauen. Außer ihm und Rose zeigte niemand Interesse an diesem Ereignis. Wie sie ihn dazu überredet hatte, mich mitzunehmen, wusste ich nicht. Mr. Blake selbst kam zu unserem Cottage, um die Einladung auszusprechen. Mein Vater gab zu bedenken, dass es seinem Sohn – also mir, ich stand direkt neben ihm – an angemessener Kleidung fehle.

»Da findet sich schon was in Coopers oder Liams Kleiderschank«, sagte Mr. Blake. An einem Anzug solle es nicht scheitern. Ich hätte mir durch meine Dienste als Balljunge die Karte verdient. All das trug er in einem freundlichen, ja fast freundschaftlichen Ton vor. Man musste genau hinhören, um das Unbehagen in seiner Stimme auszumachen.

Wir würden am Tag vor dem Finale nach London fahren und bei einer Cousine von Mr. Blake übernachten, das Spiel ansehen und eine weitere Nacht in London bleiben. Drei Tage sollte die Reise dauern.

Als Mr. Blake wieder ging, umarmte ich meinen Vater. »Papa, ist das nicht absolut großartig?«

Wäre ich stärker und größer gewesen, hätte ich ihn

hochgehoben und umhergewirbelt. Freude hatte meinen Körper ergriffen. Ich dachte, ich würde explodieren, und so drückte ich meinen Vater noch fester an mich und hüpfte auf der Stelle.

Er blieb ganz steif, erwiderte meine Umarmung nicht.

»Es ist sehr großzügig von Mr. Blake«, sagte er nüchtern.

»Freust du dich denn nicht für mich?«

»Natürlich«, sagte er, »natürlich, aber … Es ist … Du … bleibst der Junge des Gärtners. Auch wenn du …«

Ich ließ meinen Vater los und stöhnte laut auf. »Ja. Ja. Ja.« Ich war genervt, mehr noch – wütend.

In diesem Ton hatte ich noch nie mit meinem Vater gesprochen. Aber er rügte mich nicht, sondern senkte den Kopf. Augenblicklich fühlte ich mich schlecht.

Ich war vierzehn, ich verstand seine Bedenken. Aber er wusste ja nicht, wie stark das Band zwischen Rose und mir war. Eines Tages würde Rose eine berühmte Tennisspielerin sein und ich der Gärtner von Blake Hall. Sie würde in ihrem Zimmer wohnen und ich in dem Cottage, aber wir würden uns jede Nacht treffen – bei unserem Baum, im Geisterzimmer. Wir gehörten zusammen, und nichts und niemand würde das jemals ändern können. Weder er noch die Blakes. Das dachte ich im Juni 1939.

Erin, Mrs. Blakes Zofe, suchte mir zwei von Coopers Anzügen, zwei Hemden und ein Paar Schuhe aus hellem Leder sowie einen Strohhut heraus. Cooper war diesen Kleidungsstücken bereits entwachsen, trotzdem war alles ein bisschen zu groß und zu lang für mich.

»Da nehmen wir noch schnell ein paar kleine Änderungen vor«, sagte sie. »Aber schau dich schon mal an, wie ein junger Herr siehst du aus.«

Die Anzüge waren aus hellem Leinen und die Hemden aus leichter Baumwolle. Ich wagte kaum, mich zu bewegen, aus Angst, ich könnte die Kleider schmutzig oder irgendwie kaputt machen. Ich atmete nicht mal richtig. Mit sanftem Griff schob Erin mich vor den Spiegel. »Wie ein junger Herr«, sagte sie noch einmal.

Ich betrachtete mein Spiegelbild. Ich sah anders aus. Ich hätte jetzt tatsächlich für einen Sohn der Blakes oder der Rutherfords durchgehen können.

Erin nahm ein Nadelkissen und steckte den Anzug ab. Nicht mal eine Stunde später war sie fertig. Jetzt passten Hose und Jackett perfekt. In die zu großen Schuhe stopften wir Zeitungspapier. Erin setzte mir den Hut auf.

»Komm, wir präsentieren dich unten«, sagte sie. Ich lief hinter ihr, versuchte Schritt zu halten. Sie drehte sich um. »Hast du das Laufen verlernt?« Ich ging wie ein alter Mann mit kaputten Knien. Erin lachte.

Die Furcht, meine Kleidung zu ruinieren, wuchs mit jeder Bewegung, und die ausgestopften Schuhe taten ihr Übriges. Wie es schien, hatte sich das gesamte Personal samt meinem Vater im Raum der Dienstboten versammelt. Als wir das Zimmer betraten, pfiff einer der Stallburschen anerkennend. Kitty und Iris, die Küchenhilfen, kicherten.

Fanny sagte: »Was für ein schöner Junge. Ach herrje. Wie hübsch, wie hübsch.«

Mein Vater nickte zustimmend.

»Sehr schick«, sagte der Diener Dale.

Der Butler beäugte mich zwar kritisch, sagte aber schließlich: »Gut.«

Ich war froh, als die Prozedur vorbei war und ich wieder meine normalen Sachen anziehen konnte. Nach dem Abendessen gingen mein Vater und ich zusammen zum Cottage.

Ich trug den Lederkoffer, in den Erin die Sachen gepackt hatte. Mein Vater legte seinen Arm um meine Schultern.

»Ich wünschte, deine Mutter hätte dich heute sehen können«, sagte er, und dann summte er zu meiner Verwunderung ihr Lied. »Ally Croaker«.

»Kannst du es singen?«, fragte ich.

Er schüttelte den Kopf. »Ich habe es Tausende Male gehört, aber ich kann mich nicht an den Text erinnern.«

»Geht mir auch so«, sagte ich. »Nur eine Zeile weiß ich noch.«

»Wir hätten besser zuhören sollen«, sagte er.

»Ich ... ich dachte, sie würde für immer singen.«

Und dann schwiegen wir. Seine Gedanken waren wahrscheinlich bei ihr, meine waren in Wimbledon.

7
Ein anderes London

Mr. Blake selbst saß am Steuer des Bentleys, Rose und ich saßen auf der Rückbank. Ihr Kleid war aus einem ähnlichen Stoff gefertigt wie mein Anzug. Doch im Gegensatz zu mir schien sie sich nicht um Flecken und Falten zu scheren. Während sie sich unbekümmert bewegte, saß ich stocksteif da, wagte nicht einmal, mich anzulehnen. Mit geradem Rücken, der Hut lag auf meinem Schoß, drehte ich nur leicht den Kopf nach links, um Rose zuzuhören.

Sie erzählte mir von Suzanne Lenglen, einer im letzten Jahr verstorbenen französischen Tennisspielerin. »Vielleicht die beste Tennisspielerin aller Zeiten«, sagte Rose.

In den zwanziger Jahren sorgte Suzanne für großes Aufsehen, nicht nur wegen ihrer anmutigen Spielweise, sondern auch wegen ihrer Aufmachung: unbedeckte Arme und Waden – damals ein Skandal. Sie war gerade erst zwanzig, als sie 1919 zum ersten Mal Wimbledon gewann. Die Presse gab ihr den Namen »die Göttliche«. Und es hieß, dass sie während der Seitenwechsel am Spielfeldrand Brandy getrunken habe.

Rose war sich nicht sicher, wen sie mehr bewunderte: Maud Watson, die erste Frau, die Wimbledon gewonnen hatte, oder die Französin.

»Ob sie mich auch ›die Göttliche‹ nennen werden?«, fragte Rose.

Mr. Blake konnte uns nicht hören, der Motor war zu laut, und Rose sprach leise, aber immer wieder sah er durch den Rückspiegel zu uns. So auch in diesem Moment. Unsere Blicke trafen sich. Ich lächelte, er nicht.

»Ich habe dich was gefragt«, sagte Rose.

Bevor ich antworten konnte, sagte Mr. Blake: »Rose, was erzählst du denn die ganze Zeit?«

»Tennis«, sagte sie. »Ich spreche über Maud und Suzanne und überlege, was man über mich sagen wird, wenn ich einmal Wimbledon gewinne.«

Jetzt lachte Mr. Blake. »Wimbledon gewinnen? Ach Rose.«

Die Züge um ihren Mund verhärteten sich. Sie wandte sich von mir ab und schaute aus dem Fenster. Mr. Blake richtete seine Aufmerksamkeit wieder auf die Straße.

»Ja«, sagte ich leise.

»Hm?«, machte Rose, ohne mich anzusehen.

»Die Göttliche«, sagte ich, »so werden sie dich nennen.«

Ihre Hand wanderte über den Sitz und berührte die meine. Man kann so viele gegensätzliche Dinge während zweier Sekunden fühlen. Unendliche Angst, unendliche Freude. Und zwei Sekunden können lange sein, unendlich lange.

Als Rose meine Hand losließ, sackte ich zusammen, die Sorge um Coopers Anzug war vergessen. Ich lehnte mich zurück und schlief ein. Ich wachte erst auf, als wir in London waren.

Das Haus von Mr. Blakes Cousine, der verwitweten Mrs. Abigale Cherleton, erinnerte eher an Blake Hall als an die Häuser aus dem London, das ich kannte. Zwar fehlte der Park, aber das Gebäude, obwohl kleiner als Blake Hall, war ähnlich imposant. Wir hielten direkt vor einer breiten steinernen Treppe. Das Gepäck ließen wir im Wagen zurück. Hintereinander, Mr. Blake ging voran, hinter ihm Rose, dann ich, stiegen wir die zwölf Stufen hoch. Ein Butler öffnete die bronzefarbene Eingangstür. Er begrüßte uns höflich und teilte Mr. Blake mit, dass sich gleich jemand um das Gepäck kümmern werde.

Bevor ich das Haus betrat, drehte ich mich um, suchte nach etwas, das mir bekannt vorkam, aber auch die Straße hatte nichts mit meinem London gemein.

Wir folgten dem Butler in den Salon. Ein großer düsterer Raum, in Grün und Gold gehalten. An einer Wand hing ein Ölgemälde: vier tote Rebhühner auf einem Holztisch. Blut tropfte aus ihren Brüsten.

Mrs. Cherleton schritt auf uns zu. Ihr Gang war ähnlich steif wie meiner. Ich überlegte, ob auch sie sich um ihre Kleidung sorgte. Alles an ihr war spitz und dünn: Nase, Kinn, Lippen. Die grauen Haare waren zu einem Dutt hochgesteckt.

»Cousine Abigale«, sagte Mr. Blake und nahm ihre rechte Hand in seine beiden Hände.

»Richard«, sagte sie und befreite ihre Hand. Sie machte einen Schritt auf Rose zu. Ihre scheußlichen Finger griffen nach Rose' Kinn.

»Du bist groß geworden«, sagte sie. Es klang wie ein Vorwurf.

»Das ist Henry. Unser Balljunge«, sagte Mr. Blake und deutete auf mich.

Die letzten Nächte, die ich vor Aufregung fast schlaflos verbracht hatte, hatte ich versucht, mich auf London vorzubereiten. Ich hatte sämtliche Bücher, die mir die Nichte meines verstorbenen Lehrers geschenkt hatte, durchgewälzt. Ich hatte auf Fragen, die mir niemand in den nächsten drei Tagen stellen sollte, Antworten parat. Ich konnte alle Herrscher Englands seit Richard III. aufzählen und alle Prime Minister seit Henry Addington. Ich wusste, wie eine traditionelle Fuchsjagd ablief, und hatte sogar ein Gedicht auswendig gelernt: John Keats' »Ode to a Nightingale«. Zumindest hatte ich es versucht, es ist sehr lang. Ich hatte mir überlegt, was ich sagen sollte, wenn ich auf die Toilette musste und nicht wusste, wo sie war. Feine Leute sagen niemals, dass sie pinkeln müssen. Sie wollen sich frisch machen oder die Hände waschen.

Aber darüber, wie ich die Cousine von Mr. Blake begrüßen sollte, hatte ich mir keine Gedanken gemacht. Die Hand schütteln? Die Hand küssen? Auf die Knie fallen? Ich entschied mich für eine tiefe Verbeugung. Der Strohhut rutschte mir vom Kopf und fiel zu Boden.

»Henry«, sagte sie und musterte mich. Was auch immer Mrs. Cherleton in mir sah, es gefiel ihr nicht.

8
Eine bessere Welt

Der Butler führte uns in unsere Zimmer. Mr. Blake und Rose schliefen im zweiten Stock, ich im dritten. Hier habe früher, als es noch mehr Personal gab, ein Diener gewohnt, erklärte der Butler.

Ein eisernes Bettgestell. Ein Tisch, auf dem eine Waschschüssel stand. Ein schmaler Kleiderschrank.

Das Bad befinde sich am Ende des Flurs, zweite Tür rechts, sagte er, bevor er ging.

Ich packte meinen Koffer aus. Dann setzte ich mich auf das Bett. Ich wusste nicht, was ich tun sollte. Erwartete man mich im Salon? Ich wollte auf keinen Fall allein mit Mrs. Cherleton sein. Vielleicht würde der Butler zurückkommen und mir sagen, was zu tun sei.

Mein Magen knurrte. Ich weiß nicht, wie lange ich so dasaß. Aber irgendwann klopfte es an der Tür.

Es war nicht der Butler, sondern Rose. Skeptischer Blick.

»Sie hat dich im Dienstbotenzimmer einquartiert?! Sie ist ein Biest. Niemand mag sie. Ich werde meinem Vater Bescheid sagen. Sie sollen dir ein besseres Zimmer geben.«

»Lass. Es ist doch okay.«

Rose verdrehte die Augen. »Nein, ist es nicht.«

»Mir macht es nichts aus«, sagte ich.

»Mir aber, weil sie so … so ein Snob ist. Schlimmer als meine Eltern.«

»Morgen sehen wir das Spiel«, sagte ich, um Rose auf andere Gedanken zu bringen.

»Ja.« Sie lächelte. »Trotzdem, ich will …«

Eine Glocke läutete.

»Dinner«, sagte Rose und beendete ihren Satz nicht.

Wir gingen nebeneinander die Treppe hinunter.

»Rose, sag bitte nichts wegen des Zimmers. Bitte.«

»Wenn du meinst.«

»Es ist nicht wichtig. Wir sind hier … zusammen, und morgen in Wimbledon.«

Rose nickte.

Meine Mutter hatte mir Tischmanieren beigebracht. ›Man weiß nie, Henry, wo man mal eingeladen wird.‹ Das war sehr weitsichtig gewesen, denn meine Mutter hatte nie mit Menschen wie den Blakes oder Mrs. Cherleton an einem Tisch gesessen. Unter Mrs. Cherletons strengem Blick vergaß ich jedoch alles. Ich vergaß auch die Namen sämtlicher Staatsoberhäupter. Und hätte Mrs. Cherleton mich jetzt gebeten, die »Ode to a Nightingale« zu rezitieren, wäre mir nicht mal die erste Zeile eingefallen.

Der Butler servierte die Vorspeise. Eine dickflüssige Suppe.

»Cooper«, sagte Mrs. Cherleton und sah Mr. Blake an.

»Was ist mit Cooper?«, fragte er mit gespielter Freundlichkeit.

»Man spricht über ihn.«

»So«, sagte Mr. Blake nur.

»Es ist sehr unangenehm.«

Mr. Blake schwieg.

»Richard, du solltest handeln.«

Noch immer sagte Mr. Blake nichts.

»Er ruiniert den Namen der Familie.«

»Liebe Cousine, lass uns doch von erfreulicheren Dingen sprechen.«

Mrs. Cherleton verzog ihren Mund, die dünnen Lippen wurden noch schmaler, waren quasi nicht mehr vorhanden.

»Balljunge«, sagte sie.

Ich wusste, dass sie mich meinte, aber sie sah mich nicht an und hatte keine Frage gestellt.

»Die Blakes scheinen modern geworden zu sein«, sagte sie schließlich an Mr. Blake gewandt.

»Henry ist nicht nur ein Balljunge«, sagte Rose.

»So?« Jetzt sah sie mich an. »Was bist du noch, Henry?«

»Ich … ich … ich bin der Sohn des Gärtners.«

Mrs. Cherleton machte ein komisches Geräusch. Ein kurzer Laut. Ich glaube, sie lachte.

»Er spielt Tennis mit mir«, sagte Rose.

»Tennis?«, fragte Mrs. Cherleton.

»Ja. Er ist gut. Und ich brauche einen guten Partner«, sagte Rose bestimmt.

»Die Blakes sind modern geworden«, sagte Mrs. Cherleton. »Warum müssen Damen Tennis spielen?«

»Aber liebe Cousine, Damen spielen schon sehr lange Tennis«, sagte Mr. Blake.

»Ich habe nie Tennis gespielt«, sagte Mrs. Cherleton bestimmt.

»Die Töchter der angesehensten Familien spielen Tennis«, sagte Mr. Blake. »Ein harmloser Zeitvertreib.«

»Ich werde einmal Wimbledon gewinnen«, sagte Rose.

»Rose, bitte rede doch keinen Unsinn«, sagte Mr. Blake, und Mrs. Cherleton gab wieder diesen seltsamen Laut von sich.

Den Hauptgang nahmen wir schweigend ein. Erst als das Dessert auf den Tisch kam, sagte Mrs. Cherleton:

»Es war eine bessere Welt – früher. Klare Regeln. An die man sich gehalten hat. Man war sich der Verantwortung bewusst, die der Familienname mit sich bringt. Man wusste, was sich schickte. Kannte seine Stellung. Seinen Platz. Aber heutzutage …«

»Maud Watson hat Wimbledon 1884 gewonnen«, sagte Rose. »Das ist fast fünfzig Jahre her.«

»Bitte, Rose«, sagte Mr. Blake.

»Watson. Wer waren die Watsons?!«, fragte Mrs. Cherleton und stand auf. »Ich gehe jetzt zu Bett. Gute Nacht.«

»Aber Cousine …«

»Gute Nacht«, sagte sie noch einmal.

Sie schritt davon. Steifer Schritt. Hoch erhobenes Haupt.

»Sie ist so …«, begann Rose, aber Mr. Blake fiel ihr ins Wort.

»Genug für heute. Vielleicht solltet auch ihr zu Bett gehen. Morgen ist ein langer Tag.«

9
Der schönste Ort der Welt

Ich dachte, dass ich mich für immer an jede Einzelheit dieses Tages erinnern würde, aber mein Gedächtnis hat nur Momente gespeichert. Vergessen die Autofahrt zur Church Road, die Ankunft in Wimbledon.

Das erste klare Bild:

Rose und ich essen Erdbeeren mit Schlagsahne. Die Sonne in ihrem Nacken.

Mr. Blake reichte uns ein Glas Champagner. Er lachte und sagte, wir sollen langsam trinken. Ich mochte den Geschmack nicht, aber den leichten Schwindel, den der Champagner mir bereitete.

Mr. Blake traf einen Bekannten. Ich hörte ihn sagen: »Das sind meine Tochter Rose und Henry.«

Henry ohne Erklärung. Weder der Balljunge noch der Sohn des Gärtners. Henry, einfach Henry.

Rose fragte ihren Vater, der sich ein paar Schritte entfernt mit seinem Bekannten unterhielt, ob wir etwas herumlaufen könnten. Er gab Rose unsere Eintrittskarten. Wir tauchten in die Menschenmenge ein, verschwanden in ihr. Rose nahm meine Hand. Niemand beachtete uns. Tausend Augenzeugen sind das beste Versteck.

»Eines Tages werde ich hier spielen«, sagte sie bestimmt.

»Ja«, sagte ich, »und ich werde dir zusehen.«

Das nächste Bild:

Wir sitzen in der zweiten Reihe. Rose zwischen mir und Mr. Blake.

Der Rasen sah fast unecht aus. So grün, so akkurat geschnitten. Verglichen damit war der Tennisplatz in Blake Hall geradezu schäbig, obwohl ich ihn mit großer Sorgfalt pflegte. Während die Zuschauer ihre Plätze einnahmen, waren Hunderte gedämpfte Stimmen zu hören. Ein Murmeln, das anschwoll, abebbte, und dann war es ganz leise. Die Stille verlieh dem Ganzen etwas Heiliges. So anders als die Amateur-Fußballspiele, die ich in London gesehen hatte. Beim Fußball wurde gegrölt und gesungen. Auch bei den Profis.

Die Finalistinnen betraten den Platz.

Alice Marble, Amerikanerin, und Kay Stammers, Engländerin, schüttelten einander die Hand.

Das Publikum klatschte.

Natürlich waren wir für die Engländerin.

Stille.

Nur der aufschlagende Ball und das leise Stöhnen der Spielerinnen waren zu hören.

Die meiste Zeit beobachtete ich jedoch nicht das Spiel, sondern Rose. Ihre ganze Aufmerksamkeit war auf den Platz gerichtet. Ich konnte die Anspannung ihres Körpers spüren. Die Sehnsucht, selbst dort unten auf dem Rasen von Wimbledon zu stehen.

Ich glaube, dass Menschen immer am schönsten sind, wenn sie sich ganz in einem Augenblick verlieren. So wie Rose in Wimbledon.

Wimbledon, der Ort, an dem mich Mr. Blake zu Henry gemacht hatte. Henry ohne Erklärung. Henry, einfach Henry.

Wimbledon, der Ort, an dem ich mir Coopers Anzug zu eigen gemacht hatte.

Wimbledon – losgelöst von jeder Vergangenheit.

Vielleicht war es die Wirkung des Champagners, aber alles erschien mir möglich, während zwei in Weiß gekleidete Frauen einen gelben Ball hin- und herschlugen.

Schließlich gewann die Amerikanerin in zwei Sätzen 6/2 und 6/0.

Später aßen wir mit der scheußlichen Mrs. Cherleton zu Abend. Ihre herablassende Art konnte mir nichts mehr anhaben. Sie tat mir geradezu leid. Verblüht, verbittert. Allein in dem düsteren Haus, dessen Wände tote Rebhühner schmückten.

Mit geschürzten Lippen hörte sie zu, während Rose von dem Spiel berichtete.

Als ich später in dem schmalen eisernen Bett lag, versuchte ich den Tag zu rekapitulieren, aber schon in dieser Nacht konnte ich mich nur an einzelne Momente erinnern.

Die Tür ging auf, und da stand sie.

»Rose … was …?«

»Sch …«, machte sie, kam rein und schloss die Tür hinter sich.

»Soll ich Licht anmachen?«, fragte ich.

»Nein.«

Ich zog meine Beine an, um ihr Platz zu machen.

Rose setzte sich.

»Nächstes Jahr fahren wir wieder nach Wimbledon«, sagte sie.

»Ja.«

»Und das Jahr darauf.«

»Ja.«

»Und das Jahr darauf.«

»Ja. Und das Jahr darauf«, sagte ich.

Wir lachten leise.

»Ich glaube, Wimbledon ist der schönste Ort der Welt«, sagte Rose.

10

Was wäre, wenn …

August, der Höhepunkt des Sommers. Der Winter scheint so lange her, dass man sich kaum vorstellen kann, dass er wiederkommen wird. Ebenso wenig, dass man zurück zur Schule muss. Verblasst ist die Erinnerung an die letzte Stunde vor den Ferien.

Seit Wimbledon bestand Rose darauf, jeden Tag Tennis zu spielen, und sie zeigte noch mehr Ehrgeiz als zuvor.

Als wir nach einem Match – während dessen mich Rose ständig angeraunzt hatte, weil ich mich ihrer Meinung nach nicht genug anstrengt hatte – am Schlammsee saßen, legte sie ihren Arm um meine Schulter.

»Tut mir leid, dass ich dich so angefahren habe«, sagte Rose.

»Schon gut.«

»Es ist nur … Wenn ich noch ein bisschen besser werde, dann kann ich es wirklich schaffen. Wimbledon.«

Ich nickte.

»Und … Aber … Du bist mein einziger Freund. Bevor du hierhergekommen bist, war ich ganz allein. Und du darfst nicht böse mit mir sein, wenn ich so wütend werde.«

Ich nickte.

»Du darfst nie böse mit mir sein.«

Ich nickte wieder.

»Schwör es.«

»Ich schwöre.«

Diese Unterhaltung versetzte mir zwei Stiche – einen ins Herz, einen in die Magengrube.

Rose hatte mich nicht auserwählt um meinetwillen, sie war einsam gewesen. Ich hätte also auch jemand ganz anderes sein können.

Ich löste mich aus ihrer Umarmung und sprang ins Wasser. Ich tauchte hinab. Wie von selbst tasteten meine Hände den Grund ab, suchten den verlorenen Ring. Eine mittlerweile mechanische Bewegung, sobald ich im Schlammsee war.

Ich tauchte wieder auf, schwamm umher. Rose beobachtete mich. Wenn sich unsere Blicke trafen, sah ich weg.

Als ich wieder ans Ufer kam, sagte sie: »Du bist *doch* böse mit mir.«

»Bin ich nicht«, sagte ich unwirsch.

»Doch.«

Ich schwieg.

»Ich habe mich doch entschuldigt«, sagte Rose. »Und du hast geschworen …«

»Ich bin nicht böse mit dir … also, nicht, weil du mich angeschnauzt hast … Aber wenn am gleichen Tag wie ich noch drei oder vier oder zehn andere Jungs nach Blake Hall gekommen wären, wäre ich dann auch dein Freund geworden oder …«

Sie zog die Augenbrauen hoch.

»Wäre ich dein Freund oder einer der anderen Jungs?«

»Woher soll ich das wissen?«, sagte sie ehrlich.

»Siehst du …«

»Was? Wenn ich drei oder vier oder zehn Schwestern hätte. Wäre ich dann deine Freundin oder eine meiner Schwestern?«

»Aber du hast keine Schwestern«, sagte ich.

»Genau. Und nur du bist hierhergekommen und niemand anders.«

»Das ist nicht das Gleiche«, sagte ich.

»Ist es doch.«

»Nein.« Ich wollte ihr nicht das letzte Wort lassen. Nicht dieses Mal.

»Manchmal bist du ein richtiger Idiot, Henry.« Sie sprang auf und rannte davon.

»Bin ich nicht«, sagte ich, aber Rose war schon fort.

Meine Wut verflog sofort. Ich hoffte, dass Rose zurückkommen würde. Ich würde mich entschuldigen. Aber sie kam nicht. Ich zog mich an und schwang mich auf mein Rad. Ich fuhr zu unserem Baum, sie war nicht da. Auch nicht am Springbrunnen. Der Tennisplatz war verwaist. Allein traute ich mich nicht ins Haus, um im Geisterzimmer nachzuschauen oder an Rose' Tür zu klopfen.

Ich schritt den Tennisplatz ab, spannte das Netz nach. Unsere Schläger lagen noch da. Ich nahm einen und den Korb mit den Bällen.

Aufschlag. Ich sah dem Ball nach. Nahm den nächsten.

Bis der Korb leer war.

Dann sammelte ich die Bälle auf und begann von vorne.

Ich versuchte, an nichts zu denken, und dachte doch die ganze Zeit an Rose.

Ich hatte Angst, sie verloren zu haben.

Mein Arm wurde müde, meine Aufschläge schwächer. Aber ich konnte nicht aufhören.

Ich dachte, dass es Unglück bringen würde. Ich musste weiterspielen, bis Rose auftauchen oder ich umfallen würde.

Fünf Mal leerte ich den Korb. Und dann stand sie da. Ohne etwas zu sagen, nahm Rose ihren Schläger. Wir spielten den Ball hin und her, bis es dunkel wurde.

11

Es ist Krieg!

»Ich spreche zu Ihnen vom Kabinettzimmer in der Downing Street Nummer 10. Heute Morgen überreichte der britische Botschafter in Berlin der deutschen Regierung ein Schreiben, in dem es heißt: Sollte Deutschland nicht bis 11 Uhr erklären, seine Truppen aus Polen abzuziehen, dann würde Krieg zwischen uns herrschen.

Ich muss Ihnen nun mitteilen, dass kein solcher Schritt erfolgt ist, und folglich befindet sich dieses Land im Krieg mit Deutschland. Sie können sich vorstellen, welch ein bitterer Schlag es für mich ist, dass mein langer Kampf, den Frieden zu erhalten, gescheitert ist.«

Es war der 3. September 1939. Mr. Blake hatte das gesamte Personal und die Familie in den Salon bestellt. Wir standen im Halbkreis um das große Radio und hörten die Ansprache des Prime Minister. Auch diejenigen, die schon lange den Krieg prophezeit hatten, waren geschockt.

Mein Vater legte seine Hand auf meine Schulter, ich sah zu ihm hoch. In seinen Augen glänzten Tränen.

Mrs. Blake senkte den Kopf. Liam war nicht da. Er war Pilot bei der Royal Air Force.

Fanny weinte leise. Dale sah zur Decke. Die Küchenhilfen bekreuzigten sich. Rose starrte auf ihre Hände.

Nur Cooper lächelte unbekümmert, als ob ihn der Krieg nichts anginge.

Ich war wütend. Wie viele Länder braucht ein Mensch? Sie hatten Hitler doch schon das Sudetenland geschenkt. Und jetzt hatte er sich Polen genommen.

Auch der König sprach an diesem Tag aus dem Radio zu uns, zu seinem Volk. »In dieser schweren Stunde …«, so begann seine Rede.

Es war Krieg, aber nichts geschah.

Am nächsten Tag hielt Mr. Owen vor der versammelten Schule eine Ansprache.

»Ich habe gehofft, dass ich diese Worte nicht noch einmal sagen muss. Aber wie schon vor fünfundzwanzig Jahren – damals war ich ein junger Mann und habe gerade erst die Stelle als Direktor angetreten – stehe ich hier vorne und muss euch sagen: Wir befinden uns im Krieg. Ein trauriger Tag für uns alle. Für unser geliebtes Königreich. Vieles wird sich ändern. Vieles wird sich ändern.«

Aber es änderte sich nichts. Mr. Powell diktierte mit monotoner Stimme einen Aufsatz.

Rose wartete vor dem Cottage auf mich.

»Irgendwelche Neuigkeiten?«, fragte ich.

»Nicht wirklich. Papa telefoniert den ganzen Tag mit Bekannten aus dem Oberhaus. Gestern gab es einen Fliegeralarm in London, aber es war falscher Alarm. Und einer der Stallburschen hat sich zur Armee gemeldet.«

Wir hockten nebeneinander auf der Veranda, unsere Knie berührten sich.

»Wann, glaubst du, wird es losgehen?«, fragte ich.

»Was losgehen?«

»Der Krieg.«

»Der Krieg hat gestern angefangen.«

»Aber wann wird was passieren?«

Rose zuckte mit den Schultern. »Vielleicht passiert ja gar nichts«, sagte sie, »also, nicht hier.«

»Ja«, sagte ich. »Ich meine, wenn Hitler in Polen ist, werden sie wohl da kämpfen.«

»Vielleicht«, sagte Rose.

»Hast du Angst?«, fragte ich.

»Nicht wirklich. Du?«

»Nein, aber ich ... ich habe die ganze Zeit das Gefühl, über meine Schuler gucken zu müssen. Als ob jemand hinter mir wäre.«

»Die Deutschen?«, fragte Rose.

»Ja und nein.«

»Ich weiß, was du meinst«, sagte sie und nahm meine Hand. »Ich hoffe, dass es bald vorbei ist.«

»Ich auch.«

»Sollen wir Tennis spielen?«

Wir fuhren auf meinem Rad zum Platz und spielten ein paar Bälle zum Aufwärmen, bevor wir mit dem Match begannen.

Es stand 30/15, Rose hatte Aufschlag. Sie führte 4:2.

Ich sah Mr. Blake aus den Augenwinkeln. Im Stechschritt kam er auf uns zu.

»Es ist Krieg, und ihr spielt Tennis?!« Ich hatte Mr. Blake noch nie so laut brüllen hören. Der Ball sauste an mir vorbei.

»Rose! Henry! Habt ihr denn keinen Anstand? Es ist Krieg!«

Wir sahen ihn verwundert an. Er hatte sich ein paar Schritte vom Platz entfernt aufgebaut, dort, wo während der Turniere das Publikum saß.

»Versteht ihr denn nicht den Ernst der Lage?«

»Entschuldigung, Sir«, sagte ich leise.

»Lauter, Henry!«, fuhr er mich an.

Aber bevor ich etwas sagen konnte, erhob Rose ihre Stimme. »Was hat der Krieg mit Tennisspielen zu tun?«

»Nicht in dem Ton!«, sagte Mr. Blake. »Man verzichtet auf gewisse Dinge. Das ist nicht die Zeit für leichtes Vergnügen. Es ist Krieg. Krieg!«

»Tennis ist kein leichtes Vergnügen«, sagte Rose. »Ich … ich muss trainieren.«

»Trainieren?« Er schüttelte den Kopf. »Du gehst jetzt ins Haus.«

»Wir haben aber noch nicht zu Ende gespielt«, sagte Rose.

Ich legte meinen Schläger zur Seite. »Ich gehe dann mal besser.«

»Henry!«, rief Rose und sah mich entsetzt an.

»Auf Wiedersehen, Mr. Blake. Es tut mir leid, Sir.«

»Henry«, sagte Rose noch einmal.

»Nach dem Abendessen bei unserem Baum«, flüsterte ich ihr zu.

»Wir haben noch nicht zu Ende gespielt«, rief sie mir nach.

Ich drehte mich nicht um, nahm mein Rad und fuhr zum Cottage.

12

Etwas andere Weihnachten auf Blake Hall

So richtig verzieh Rose mir nicht, dass ich sie auf dem Tennisplatz habe stehen lassen. Meine Erklärung, dass ich nicht den Zorn ihres Vaters auf mich lenken wollte, weil er mir den Umgang mit ihr verbieten und meinen Vater und mich von Blake Hall verweisen könnte, wollte Rose nicht wirklich akzeptieren.

»Das würde er nicht tun. Warum auch?«

»Weil du seine Tochter bist und ihm Blake Hall gehört. Und weil ich nur der Sohn des Gärtners bin.«

»Das wäre doch absolut unfair.«

»Aber … es ist nicht immer alles fair, oder?«

»Ich würde es nicht zulassen, und ich … ich lasse es auch nicht zu, dass er mir das Tennisspielen verbietet.«

Schließlich war es Mrs. Blake, die ihren Mann dazu bewegte, das Tennisverbot aufzuheben.

»Wir können doch nicht alle Trübsal blasen und warten, dass Bomben auf uns niederprasseln. Lass die Kinder doch spielen.«

Trotz offizieller Erlaubnis war ich angespannt, sobald ich einen Schläger in der Hand hielt. Mr. Blake, der vor dem Eklat fast nie am Platz vorbeigeschaut hatte, tauchte nun ständig auf.

Er sagte nichts, bedachte uns einige Minuten mit missbilligendem Blick und marschierte dann kopfschüttelnd davon.

Ich war froh, als Regen und Kälte dem Tennis ein Ende setzten.

Am 17. Oktober fiel die erste deutsche Bombe auf das Vereinigte Königreich. Weit weg von uns. Der Krieg war noch immer unwirklich, er fand im Radio und in der Zeitung statt.

Obwohl bisher nur Benzin rationiert worden war, begann Fanny Vorräte zu horten. Unsere Mahlzeiten wurden karger. All diejenigen, die, so wie Fanny, den großen Krieg miterlebt hatten, zeigten tiefere Besorgnis als die jüngeren Generationen.

Und dann war Weihnachten. Mr. Blake hatte sich etwas Besonderes ausgedacht: Das Personal und die Familie würden zusammen speisen. Als Zeichen des Verzichts – es war schließlich Krieg – sollte nur Shepherd's Pie serviert werden, keine Vorspeise, kein Dessert. Auch Geschenke gab es nicht. Man würde der Royal Air Force eine großzügige Spende zukommen lassen.

Liam war für zwei Tage zu Hause, er trug Uniform und hatte seine Flügel erhalten. Er war Pilot.

Mrs. Blake war nicht begeistert von dem Weihnachtsdinner, das ihr Mann geplant hatte, ließ ihn aber gewähren. Auch Rose fand das Ganze absolut übertrieben. Und Cooper lächelte, als ob ihn das alles nichts angehen würde.

Wir hörten die Weihnachtsansprache des Königs.

»Ein neues Jahr steht bevor, und wir wissen nicht, was es uns bringen wird. Sollte es uns den Frieden bringen, wie dankbar werden wir sein. Sollte der Kampf weitergehen, werden wir unerschrocken bleiben …«

Die Shepherd's Pies standen auf einem Tisch, jeder bediente sich selbst, nahm seinen Teller und setzte sich, wohin er wollte. Die Flügeltür zwischen Salon und Esszimmer stand offen. Rose, Cooper und ich saßen zusammen vor dem Kamin des Salons. Alle trugen ihre beste Kleidung, und trotzdem war der Unterschied zwischen Bediensteten und Herrschenden deutlich sichtbar. Man konnte es in ihren Gesichtern sehen, kein noch so weißes Hemd täuschte darüber hinweg.

Ich dachte an Wimbledon, den Ort, an dem ich es geschafft hatte, diese Kluft zu überbrücken.

»Unser verehrter Vater hat sich selbst übertroffen. Schaut doch mal, niemand fühlt sich wohl. Eine Farce«, sagte Cooper.

Rose und ich blickten uns um. Cooper schien richtigzuliegen. Der Großteil des Personals sah so aus, als ob er nicht atmen würde.

Fanny, die sich mit Mrs. Blake unterhielt, saß stocksteif auf einem Sessel, einen Teller mit Shepherd's Pie in der leicht zitternden Hand.

Mr. Blake sprach mit Mr. Rogers und meinem Vater. Beide Gärtner nickten unterwürfig mit leicht gesenkten Häuptern.

»Ich bin froh, wenn dieser dumme Krieg vorbei ist«, sagte Rose.

»Das wird dauern«, sagte Cooper.

»Woher willst du das wissen?«, fragte Rose.

»Habe so ein Gefühl«, sagte er.

»So ein Gefühl. Du redest Quatsch«, sagte Rose.

»Wir werden ja sehen.«

»Cooper, du bist scheußlich. Man könnte ja fast meinen, dass du hoffst, dass der Krieg lange dauern wird.«

Er kniff seine Augen zusammen, als ob er nachdenken oder ein Objekt in der Ferne ausmachen wollte.

»Vielleicht«, sagte er. »Damit mal alle aufwachen. Damit sich mal tatsächlich etwas ändert.«

»Was soll sich denn ändern? Ich will nicht, dass sich etwas ändert.«

»Frag Henry«, sagte Cooper zu Rose.

»Was ist mit mir?«

»Henry, willst du, dass die Welt sich ändert?«, fragte Cooper.

»Ich … Nein. Es … Nein«, sagte ich.

Cooper sah uns an. »Ich verstehe euch nicht«, sagte er, stand auf und ging.

1940

1

Coopers Ally Croaker

Das neue Jahr machte den Krieg wirklicher. Am 1. Januar mussten sich Männer im Alter von neunzehn bis siebenundzwanzig zum Militär melden. Der Chauffeur Craig, alle Diener bis auf Dale sowie die restlichen Stallburschen verließen Blake Hall und wurden nicht durch neues Personal ersetzt. Der Butler und Dale servierten die Mahlzeiten. Es ging wesentlich legerer zu. Mein Vater, Mr. Rogers und ich kümmerten uns von nun an um die sechs Pferde. Rose bestand darauf, mitzuhelfen.

»Es ist Krieg«, hatte sie zu ihrem Vater gesagt. »Wir müssen alle unseren Teil beitragen. Und ich weiß mehr über Pferde als die Gärtner oder Henry.«

Mr. Blake stimmte zu, was konnte er gegen sein eigenes Argument auch einwenden.

Da sich auch die meisten Hilfsgärtner zum Militär gemeldet hatten, hatten Mr. Rogers und mein Vater mehr zu tun als sonst. Bald schon waren Rose und ich allein für die Pferde verantwortlich. Die Stallungen und ihre vierbeinigen Bewohner waren eine neue Welt für mich.

Mrs. Blake hatte vorgeschlagen, dass auch Cooper helfen sollte, aber Cooper war die meiste Zeit in London. Wenn er tatsächlich in den Stallungen auftauchte, packte er nicht mit an, sondern setzte sich auf einen Strohballen und schaute uns zu.

Vor der Schule fütterte ich die Pferde, nach der Schule führten Rose und ich sie auf die Koppel. Ich mistete die Ställe aus. Zusammen striegelten und putzten wir die Tiere und machten zwei fertig zum Ausritt. Rose hatte mir nicht nur Tennis beigebracht, sondern auch Reiten.

Wenn ich neben Rose durch Blake Hall trabte, dachte ich oft: Krieg ist gar nicht so schlecht.

Die Tiere wurden mir mit jedem Tag vertrauter, ich sprach zu ihnen, sie hörten zu. Es störte sie nicht, dass ich ohne Zusammenhang redete, manchmal mitten im Satz abbrach, um »Ally Croaker« zu singen. Die eine Zeile, immer und immer wieder: *Will you marry me, dear Ally, Ally Croaker?* Und auch meine Versuche, auf der Mundharmonika zu spielen, nahmen sie mit leisem Schnauben hin.

Mr. Blake, der ab und zu vorbeischaute, lobte stets meine Arbeit.

Ich war allein in den Stallungen und kämmte Davors schwarze Mähne, als Mr. Blake auftauchte.

»Du hast wirklich deine Berufung gefunden«, sagte er.

»Ich … eigentlich möchte ich der Gärtner von Blake Hall werden, Sir«, antwortete ich.

»Wie dein Vater.«

Ich nickte.

»Du bist ein guter Junge, Henry. Ich wünschte, Cooper würde auch in die Fußstapfen seines Vaters treten wollen.« Er strich mir über den Kopf. »Guter Junge«, sagte er noch einmal, und dann ging er. Ich blickte ihm nach.

»Guter Junge«, ertönte eine andere Stimme. Cooper kam aus seinem Versteck zwischen den Strohballen.

»Ich dachte, du wärst in London! Seit wann bist du hier?« Ich überlegte, was ich den Tieren heute erzählt hatte.

»Keine Ahnung«, sagte Cooper. »Ich glaube, seit gestern Nacht. Die Themse ist zugefroren. Ich bin über den Fluss gelaufen, wie Jesus.«

»Hast du gehört, was ich …?«, stammelte ich.

Cooper lachte. »Eine Melodie auf der Mundharmonika, und ich habe gehört, wie du gesungen hast.«

»Oh.«

»Hat das Lied nur eine Zeile?«

»Nein. Aber ich kann mich nur an eine erinnern. Meine Mutter hat es immer gesungen.«

»Heiratet sie ihn am Ende?«, fragte Cooper.

»Ich weiß es nicht.«

»Das müssen wir herausfinden. Er scheint sie zu lieben.«

»Ja«, sagte ich, »sehr.«

Cooper streichelte Davor. »Sie kennen auch alle meine Geheimnisse«, sagte er.

Ich sah ihn fragend an. »Ich habe keine Geheimnisse.«

»Gedanken, Gefühle … Manchmal muss man sie in Worte fassen. Und die hier sind gute Zuhörer. Sie urteilen nicht.«

Ich spürte, wie ich rot anlief.

»Ich habe auch eine Ally Croaker. Er heißt Gilbert«, sagte Cooper.

»Er?«

Cooper nickte. »Liebe ist Liebe. Man sucht sich das nicht aus. Wen man liebt, ob man liebt.«

Einen Moment lang schwiegen wir.

»Und liebt er dich auch?«, fragte ich, ohne Cooper anzusehen.

»Wenn ich das wüsste ... Manchmal. Am Sonntag hat er mich geliebt, am Montag auch. Dienstag verschwand seine Liebe. Am Donnerstag kam sie zurück.«

»Entweder liebt man jemanden oder nicht«, sagte ich.

»Ist das so einfach?«, fragte Cooper.

»Ja. Ich ...« Fast hätte ich gesagt: Ich liebe Rose heute und alle Tage. Aber ich sagte nur: »Ja, ich glaube schon.«

Cooper lächelte. »Ich leg mich noch mal hin.«

Er verschwand zwischen den Strohballen. Ich hörte ihn singen, ganz leise: *Will you marry me, dear Ally, Ally Croaker?*

2

So wird es sein

Nahrungsmittel wurden rationiert, zuerst nur Zucker, Butter und Speck. Jeder bekam ein Heftchen, das man in den Geschäften vorzeigen musste. Fanny, die alle Einkäufe besorgte, verwaltete sie. Schon lange legte die Köchin Vorräte an. Selbst wenn der Krieg Jahre dauern würde, Hunger müssten wir in Blake Hall niemals leiden.

Im Speisesaal der Dienstboten, im Haus und auch in unserem Cottage lief ununterbrochen das Radio. Und jeden Tag hoffte ich, dass jemand sagen würde: Achtung, Achtung, der Krieg ist vorbei.

Aber der Krieg hatte gerade erst angefangen. Polen war nicht genug, Hitler besetzte Norwegen und Dänemark.

Ich mistete die Ställe aus. Ich war müde. Pferde, Schule, Pferde. Im Unterricht schlief ich manchmal ein. Mr. Powell weckte mich dann unsanft, schlug mir wahlweise mit einem Buch, seinem Zeigestock oder einfach mit der flachen Hand auf den Kopf. Mir wehzutun schien ihm großes Vergnügen zu bereiten.

Rose, die ich den ganzen Tag noch nicht gesehen hatte, kam herein. Ich zeigte ihr die Zeichnung, die ich angefertigt hatte. Ein leicht abgeschrägtes Flachdach auf vier

Pfeilern. Mr. Rogers und mein Vater hatten mir versprochen zu helfen, falls Mr. Blake mit dem Bau einverstanden wäre.

»Dann kannst du auch im Winter Tennis spielen«, sagte ich.

Rose umarmte mich.

»Wir müssen nur deinen Vater um Erlaubnis fragen, und dann können wir es bauen.«

Mr. Blake vertröstete uns. Der Winter sei ja gerade erst vorbei, er werde darüber nachdenken. Und er schloss mit »Es ist Krieg, wir haben jetzt andere Sorgen«.

Die Hoffnung auf ein baldiges Ende des Krieges verschwand im Mai 1940. Unser neuer Prime Minister Winston Churchill sprach am 19. Mai, neun Tage nach seinem Amtsantritt, im Radio. Hitlers Panzertruppen waren auf dem Vormarsch in Frankreich und hatten die Maginot-Linie bei Sedan durchbrochen. Churchill sagte, dass beide Seiten sich in einer gefährlichen Lage befänden und sich die Situation sehr plötzlich ändern könnte. Er sehe einer Stabilisierung der Fronten in Frankreich zuversichtlich entgegen.

Er sagte, dass die Luftwaffe im Kampf mit der Royal Air Force trotz Überlegenheit drei- bis viermal so hohe Verluste erlitten hatte.

»Dies ist eine der düstersten Epochen in der langen Geschichte Frankreichs und Englands.«

Und er beendete seine Rede mit einem Zitat aus der Bibel.

»Wappnet euch und seid tapfere Männer, und seid bereit zum Streite: Denn es ist besser, im Kampf umzukommen, als den Frevel anzusehen, der unserem Volke und unseren Altären angetan wird. Wie es Gott im Himmel will, so geschehe es.«

Es war nicht der Klang seiner Stimme, sondern die Art, wie er sprach, die mich packte. Ich wollte ein tapferer Mann sein.

Ich war mir sicher, dass es in Frankreich ein gutes Ende nehmen und wir die deutschen Truppen schlagen würden. Dann müsste Hitler Ruhe geben und die Länder, die er sich genommen hatte, zurückgeben.

Aber es kam anders.

Die Wehrmacht schnitt Hunderttausenden britischen und französischen Soldaten entlang der belgisch-französischen Kanalküste sämtliche Verbindung ab. Sie saßen fest. Eine Niederlage, die Churchill in ein Wunder verwandelte, das Wunder von Dünkirchen. Über 300.000 Männer wurden gerettet.

Wer nicht gerettet wurde, war der Diener Chris. Mr. Ward verkündete die Nachricht seines Todes während des Abendessens. Fanny und Erin weinten leise.

»Er war so jung«, sagte Fanny, »hatte doch noch das ganze Leben vor sich.«

Dale weinte nicht, aber seine Lippen zitterten.

Mr. Ward, der noch immer am Kopfende der Tafel stand, räusperte sich. »Nach dieser traurigen Nachricht folgt nun ein gute. Liam Blake ist wohlauf.«

»Dank dem Herrgott«, rief Fanny und bekreuzigte sich.

Liam, Pilot der Royal Air Force, hatte seine ersten Schlachten in der Luft überlebt.

Ich wusste, dass der Krieg keinen Unterschied zwischen Reich und Arm kannte. Ein Soldat war ein Soldat. Aber der Tod eines Dieners erschien mir immer wahrscheinlicher als der Tod eines Liam Blake.

Am 14. Juni marschierten die Deutschen in Paris ein. Am 22. Juni kapitulierte Frankreich. Großbritannien hatte seinen Verbündeten verloren. Wir kämpften jetzt allein. Hitler und uns trennte nur noch der Ärmelkanal. Aber wir würden uns niemals ergeben.

Es war Sommer, es war warm.

Rose lehnte mit verschränkten Armen an der Wand.

»Du darfst nicht anders werden«, sagte sie unvermittelt.

»Was meinst du?«

»Seitdem Krieg ist, sind alle anders. Ich … ich mag das nicht.«

»Ich bin nicht anders. Und ich werde nicht anders«, sagte ich.

Ich holte Sanders aus seiner Box und begann mit dem Ausmisten. Rose streichelte ihn. Er was das älteste Pferd. Ein brauner Hengst mit einer sternförmigen Blesse auf dem Kopf und weißen Beinen, die ihn aussehen ließen, als ob er Stiefel oder Socken anhätte. Das Tier legte seinen Kopf auf Rose' Schulter und schnaubte zufrieden.

»Er ist mein Liebling«, sagte sie.

Ich betrachtete die anderen Pferde. Sie taten mir schrecklich leid, weil Rose Sanders und nicht sie auserwählt hatte.

»Wer ist *dein* Liebling?«, fragte sie.

»Ich … ich mag sie alle gleichermaßen.«

»Ach komm, man hat immer einen Liebling.«

»Nein«, sagte ich.

Rose kam in die Box. Ich hatte die Mistgabel in der Hand. Neben mir stand die Schubkarre, randvoll mit Pferdemist.

»Und Menschen, magst du auch alle Menschen gleichermaßen?«

»Natürlich nicht. Dich … dich mag ich am meisten.«

Rose lächelte.

»Und du?«, fragte ich, weil sie nicht gesagt hatte: Ich dich auch. Und ich wollte es hören. Jetzt in diesem Moment, in Sanders' Box.

»Du willst, dass ich sage, ich dich auch, richtig?«, fragte Rose.

»Nein … ich … Wenn …«

»Ich dich auch, Henry«, sagte sie und lachte.

Ich stimmte ein in ihr Lachen, aus Verlegenheit.

»Willst du mich heiraten?«, fragte ich, als unser Lachen verklungen war.

Rose sah mich an.

»Also, nicht jetzt … aber irgendwann mal.«

»Ich habe dir doch gesagt, dass ich niemals heiraten will.«

»Aber …«, begann ich.

»Wenn ich was sage, dann meine ich das auch.«

»Aber falls … falls du doch mal heiraten willst, dann …«

Sie machte auf dem Absatz kehrt. Ich fühlte mich schrecklich. Doch dann hörte ich ihre Stimme.

»Ich werde eine berühmte Tennisspielerin und du der Gärtner von Blake Hall. Ich wohne in meinem Zimmer und du im Cottage. Wir werden uns jeden Tag sehen. Im Sommer schwimmen wir im Schlammsee und sitzen in unserem Baum. Im Winter verstecken wir uns im Geisterzimmer. Wenn ich in Wimbledon spiele, kommst du mit und schaust mir zu, wie ich gewinne. So wird es sein, Henry.«

Ich trat aus der Box. Rose saß auf einem Strohballen.

Ich hockte mich neben sie und nahm ihre Hand.

»So wird es sein«, sagte ich. Und wie ein Film zogen Bilder vor meinem inneren Auge vorbei. Der See und Rose' nasse Haut. Wimbledon. Der Park von Blake Hall. Sie auf meiner Fahrradstange. Und mich erfasste plötzlich eine tiefe Traurigkeit. Als ob all das längst vergangen wäre.

3
Ein schlechter Verlierer

Liam kam für zwei Tage nach Hause. Mr. Blake war enttäuscht, dass sein ältester Sohn, kampferprobter Pilot der Royal Air Force, weder über den Krieg noch über Politik sprechen wollte.

Liam legte seine Uniform ab, zog eine Leinenhose und ein kurzärmeliges Hemd an. »Ich möchte für achtundvierzig Stunden an nichts denken.«

Er wollte schlafen, ausreiten und Tennis spielen.

Fanny backte ihm zu Ehren eine Zitronentorte, und wir veranstalteten ein kleines Tennisturnier.

»Wimbledon findet dieses Jahr nicht statt«, sagte Mr. Blake zu niemand Bestimmtem, als ich das Netz spannte und Liam einen zweiten Korb mit Bällen füllte. »Es ist Krieg«, fügte er hinzu.

»Trotzdem darf man sich ein bisschen vergnügen«, sagte Liam. »Du musst ja nicht spielen, wenn du nicht willst.«

»Natürlich spiele ich. Ich bin sehr stolz auf dich, Liam.«

Selbst Cooper erklärte sich bereit anzutreten, und auch ich nahm zum ersten Mal als Spieler und nicht als Balljunge teil. Unser sechster Mann war der Diener Dale. Das gesamte Personal bekam frei und schaute zu.

Ich betrachtete das Publikum. Die jungen Männer – Stallburschen, Diener, der Chauffeur Craig – fehlten. Ihre Abwesenheit machte den Krieg gegenwärtiger als Liams Anwesenheit.

Chris würde nicht zurückkommen. Und die anderen?

Craigs Frau, Mrs. Larson, und seine Tochter hatten Blake Hall verlassen und waren zu Verwandten nach York gezogen, als der Chauffeur sich zum Militär gemeldet hatte.

Sie hatte uns in einem Brief mitgeteilt, dass Craig in Frankreich von den Deutschen gefangen genommen worden war.

Er war nicht tot, noch nicht.

Ich glaube, dass auch den anderen die Lücke in unserem Kreis in diesem Moment bewusst wurde. Umherschweifende Blicke, in denen sich Trauer und Angst spiegelten. Aber für Liam, den einzigen Soldaten in unserer Mitte, betäubten wir die Sorgen mit Kuchen und Tennis.

Mein erster Gegner war Mr. Blake. Ich überlegte kurz, was besser wäre: ihn gewinnen zu lassen oder alles zu geben, um ihn vom Platz zu fegen. Nie verschwand das Gefühl, dass meine Zukunft von seinem Wohlwollen abhing.

Ich entschied mich zu kämpfen. Ich hatte Mr. Blake einige Male verlieren sehen. Er hatte seine Niederlagen stets mit einem Lächeln akzeptiert.

Und so begann das Spiel. Mr. Blake, Herrscher über Blake Hall, gegen Henry, den Sohn des Gärtners.

Wie es die Blake-Hall-Tennisregeln vorsahen, spielten

wir in der ersten Runde nur ein Spiel. Wer gewann, kam weiter.

Mr. Blake schien verwirrt, als ich seinen Aufschlag – den er wohl für ein Ass gehalten hatte – mühelos retournierte.

Ich gewann den ersten Punkt. 0/15.

Wieder schlug er auf, und wieder spielte ich den Ball zurück. Etwas in seiner Haltung und seinem Gesichtsausdruck änderte sich. Er erinnerte mich an Rose, wenn sie wütend wurde.

Auch den nächsten Punkt gewann ich und besiegte ihn schließlich 0/40.

Wir trafen uns am Netz, aber er schüttelte mir nicht die Hand, sondern klopfte mir auf die Schulter. Ein wenig zu fest, als ob er mir wehtun wollte, und sagte kühl: »Du und Rose, ihr spielt zu viel Tennis.«

Mr. Blake hatte kein Problem, gegen jemanden wie die Asburys oder Rutherfords zu verlieren, aber gegen Henry Evans schon.

Rose und ich erreichten das Finale.

Sie gewann den ersten Satz 6:3, ich den zweiten 6:4 und sie den dritten und somit das Turnier 7:5.

»Ihr seid richtige Profis«, sagte Liam anerkennend. »Hat Spaß gemacht, euch zuzusehen.«

Und dann redeten alle durcheinander, aßen die restliche Torte, lachten und vergaßen tatsächlich den Krieg. Auch Mr. Blake schien nicht an Hitler oder Churchill zu denken, sondern mir zu grollen.

Unsere Blicke trafen sich. Ich lächelte, aber er sah weg.

Fanny und die Küchenhilfen verabschiedeten sich. Es war Zeit, das Abendessen vorzubereiten.

»Ich muss noch die Pferde füttern«, sagte ich zu niemand Bestimmtem und stand auf.

»Warte, ich komm mit und helfe dir«, rief Rose.

Aber Mr. Blake hielt sie zurück.

»Dein Bruder ist hier. Henry kann sich heute allein um die Pferde kümmern«, hörte ich ihn sagen. Ich ging schnell davon.

Später tauchte Cooper in den Ställen auf.

»Da hast du dem guten Mr. Blake gezeigt, was ein Retourball ist«, sagte er und lachte.

»Es tut mir leid. Ich dachte, er wäre ein … ein guter Verlierer.«

»Er ist ein Snob«, sagte Cooper.

»Aber …«

»Henry, mach dir keinen Kopf. Er wird schon drüber hinwegkommen … Obwohl …« Cooper brach ab.

»Obwohl was?«

»Nicht so wichtig.«

»Komm schon«, drängte ich.

»Wir hatten mal einen Diener, er hieß Simon. Ein phänomenaler Schachspieler. Mein Vater hat ihn zu einer Partie herausgefordert, und er hat verloren.«

»Simon oder dein Vater?«

»Mein Vater. Und, na ja, zwei Wochen später war Simon weg.«

»Weg? Dein Vater hat ihn entlassen?«

»Ich glaube.«

»Weil er gegen ihn verloren hat?«

Cooper zuckte mit den Schultern. »Vielleicht war auch alles nur ein Zufall.«

Mir wurde schwindelig, ich setzte mich auf einen Strohballen.

»Glaubst du, dass er … dass er meinen Vater und mich …«

»Quatsch. Schau dich doch um. Du kümmerst dich ganz allein um die Pferde. Und Mr. Rogers wäre ohne deinen Vater aufgeschmissen. Mach dir keine Sorgen.«

»Das sagst du so einfach.«

Cooper setzte sich neben mich.

»Ich glaube, mein verehrter Herr Vater fühlt sich nutzlos. Es ist Krieg, und er kann nichts machen. Sitzt in diesem monströsen Haus, während sein Sohn und die halbe Dienerschaft kämpft. Sein politischer Einfluss beschränkt sich auf ein paar Bekannte im Oberhaus, die sich ab und zu aus Höflichkeit seine Meinung anhören.«

»Ich hätte ihn gewinnen lassen sollen«, sagte ich.

»Nein«, sagte Cooper bestimmt.

4
Bomben auf London

Am 24. August fielen die ersten deutschen Bomben auf London. Die Royal Air Force warf in der nächsten Nacht Bomben auf Berlin.

So fing es an.

Seit dem 7. September flog Hitlers Luftwaffe jede Nacht Angriffe auf London. Zwei Monate lang. Dann folgten Nächte, in denen die Stadt schlafen durfte.

Am Tag nach Weihnachten saßen Rose und ich im Geisterzimmer, als wir Mr. Blakes Stimme aus den unteren Räumen hörten. »Warum musst du nach London?«

Rose und ich sahen uns an.

»Ich will wissen, was da los ist«, sagte sie.

Wir schlichen die Treppe hinunter. Auf der untersten Stufe pressten wir uns gegen die Wand. Die Tür zum Salon stand offen.

»Cooper, warum?«

»Ich kann es dir nicht erklären«, sagte Cooper.

»Das ist unglaublich«, rief Mr. Blake. »Ich verlange aber eine Erklärung.«

»Ich mache es nicht, um dich wütend zu machen, Vater«, sagte Cooper.

Ein Schluchzen. Mrs. Blakes Stimme: »Ich muss schon

um Liam bangen, bitte fahr nicht. Wenn … die Bomben, bitte. Es ist …«

»Mama«, sagte er zärtlich, »ich werde aufpassen. Mir wird nichts passieren, und ich bin bald zurück.«

»Wann?«, fragte Mrs. Blake.

»In ein paar Tagen. Höchstens eine Woche.«

»Siehst du, was du deiner Mutter antust?«, sagte Mr. Blake.

»Es tut mir leid, aber ich muss hin.«

Dann war es still. Rose und ich liefen schnell nach oben.

»Nach London? Er ist verrückt«, sagte Rose.

Wir hörten Schritte. Eine Tür, die sich öffnete und schloss.

»Das ist Cooper. Komm.«

Ich folgte Rose den Flur entlang. Ohne anzuklopfen, betraten wir sein Zimmer.

»Warum musst du nach London?«, fragte Rose und klang fast wie ihr Vater.

Er blickte von Rose zu mir.

»Willkommen«, sagte er.

»Cooper?! Antworte!«

»Fang du jetzt nicht auch an.«

Rose machte einen Schritt auf ihn zu. »Die Bomben … Wenn dir was passiert … Ich werde nie wieder glücklich, nie wieder. Mama hat recht. Wir müssen schon Angst um Liam haben und … Was soll ich denn machen? Ich will nicht aufwachen und keine Brüder mehr haben.«

Cooper sah seine Schwester an. »Ich werde aufpassen. Aber … In London ist jemand, den ich sehr liebe. Und seit einer Woche kann ich«, er hielt inne, überlegte kurz und fuhr dann fort, »kann ich diese Person nicht erreichen. Wir haben sonst jeden Tag telefoniert und … Stell dir vor, Henry wäre in London und du wüsstest nicht, ob er lebt oder tot ist, ob er deine Hilfe braucht … Würdest du nicht auch nach ihm suchen?«

Rose errötete. »Ich … Wann fährst du?«

»Morgen früh.«

»Wer ist sie?«, fragte Rose.

»Wer?«

»Die Person, die du liebst.«

Cooper lächelte. »Nicht wichtig. Irgendwann lernst du … lernst du diese Person kennen. Wenn …«

»Ach, Cooper«, sagte Rose.

»Vielleicht ist es besser, wenn ihr jetzt geht. Ich habe das Gefühl, dass Mama oder Papa gleich hier auftauchen werden. Und es wäre zu viel, wenn sie jetzt auch noch ihre Tochter mit dem Sohn des Gärtners im Haus sehen.«

Wir gingen zurück ins Geisterzimmer und legten uns aufs Bett. Wir starrten an die Decke.

»Ich liebe beide. Liam und Cooper. Aber … ich … ich könnte eher ohne Liam als ohne Cooper leben«, sagte Rose leise. »Auch wenn er manchmal seltsam ist und komische Sachen sagt und denkt. Er ist der Beste von uns dreien. Innen, weißt du?« Sie legte ihre Hand auf ihr Herz.

Ich wollte Rose widersprechen, sagen, dass sie die Beste ist, aber ich schwieg, denn es stimmte. Cooper hatte nichts Berechnendes, nichts Selbstsüchtiges.

Ich wollte sie trösten und sagen, dass Cooper bestimmt nichts passieren wird, aber ich schwieg. Schließlich konnte ich nicht wissen, wann und wo deutsche Bomben auf die Stadt niederprasseln würden.

»Er … er lässt jeden so sein, wie er ist. Weißt du, was ich meine?«, fragte Rose.

Ich nickte, und dann sagte ich doch: »Ihm wird sicher nichts geschehen.«

»Wie kannst du dir da sicher sein?«, fragte sie prompt.

»Ich bin mir nicht sicher. Ich wünsche es mir. Ich will daran glauben. Und wenn man es laut ausspricht, dann …«

»Dann ist es einfacher, daran zu glauben?«, fragte sie.

»Ja«, sagte ich.

5
Viel Glück!

Am nächsten Morgen, lange vor Sonnenaufgang, lief ich zu den Ställen. Es war so kalt, dass ich meinen Atem sehen konnte. Ich öffnete die Tür, das vertraute Quietschen, das Schnauben der Pferde. Ich schaltete das Licht an.

»Henry.«

Ich zuckte zusammen. Cooper lag eingehüllt in einen Wollmantel auf zwei Strohballen.

»Was …«, begann ich.

»Ich habe hier geschlafen, um meinen Eltern und auch Rose aus dem Weg zu gehen.«

Ich setzte mich neben Cooper und reichte ihm meine Blechkanne.

»Danke.« Er trank einen Schluck Tee.

»Ist es Gilbert, den du suchen willst?«, fragte ich.

Er nickte. »Wir haben jeden Tag gesprochen. Er hat kein Telefon, aber Susan, eine Freundin. Und sie hat ihn seit ein paar Tagen nicht mehr gesehen, niemand hat ihn gesehen.«

»Sei vorsichtig, ja? Dir darf nichts passieren.«

»In zwei Monaten werde ich achtzehn. Dann muss ich mich sowieso melden.«

»Was meinst du?«

»Militär, Krieg. Die Wahrscheinlichkeit, dass mir etwas passieren wird, wird drastisch steigen. So können sich alle schon mal dran gewöhnen.« Er lachte.

»Wirst du auch Pilot?«

»Ich habe Höhenangst.«

»Navy?«

»Ich glaube, ich bleibe auf dem Boden. Marschieren. Das liegt mir.«

Ich konnte mir Cooper nicht als Soldat vorstellen.

»Vielleicht kann dein Vater dafür sorgen, dass du gar nicht zum Militär musst«, sagte ich.

»Wahrscheinlich. Aber das will ich nicht. Es wäre nicht fair.«

»Hast du Angst?«, fragte ich.

»Wovor?«

»Vor den Bomben, dem Krieg, allem …«

»Ich habe Angst, Gilbert nicht zu finden«, sagte Cooper. »Oder herauszufinden, dass er … dass er tot ist. Ihn nie wiederzusehen.«

Er warf einen Blick auf seine Uhr. »Ich muss jetzt los.«

Cooper stand auf, nahm seine kleine Reisetasche, die er als Kopfkissen genutzt hatte.

»Wie kommst du nach London?«

»Mit dem Zug.«

»Und zum Bahnhof?«

»Marschieren.«

»Viel Glück, Cooper.«

Er zwinkerte mir zu, dann war er fort. Ich starrte noch einige Minuten auf die geschlossene Tür, durch die

Cooper verschwunden war, und flüsterte: »Viel Glück. Viel Glück.«

Eines der Pferde wieherte. Sie hatten Hunger.

»Ich komme!«, rief ich den Tieren zu und machte mich an die Arbeit, füllte Eimer mit Hafer. Meine Gedanken waren bei Cooper. Ich sah ihn vor meinem inneren Auge zum Bahnhof laufen. In den Zug steigen. Und in diesem Moment war ich mir sicher, dass er heil und gesund nach Hause kommen würde.

Die Stalltür flog auf. Rose im offenen Mantel mit zerzausten Haaren.

»Er ist weg!«, rief sie.

»Was? Wer?«

»Cooper. Ich bin extra früh aufgestanden, um … Er hat sich nicht mal verabschiedet.«

Ich wusste nicht, ob es richtig oder falsch war, es ihr zu erzählen, sagte dann aber: »Er hat hier im Stall geschlafen.«

Rose biss sich auf die Unterlippe. »Wo ist er jetzt?«

»Im Zug. Auf dem Weg nach London.«

»Hast du versucht, ihn aufzuhalten?«

Ich hätte lügen können, aber ich schüttelte den Kopf.

»Warum nicht, Henry?«

»Weil es keinen Zweck gehabt hätte.«

»Du hättest es zumindest versuchen können.«

»Ich habe ihm viel Glück gewünscht.«

»Viel Glück«, sagte sie spöttisch. »Na, dann ist ja alles gut. Viel Glück.«

»Rose«, sagte ich und griff nach ihrer Hand.

Sie wollte sie wegziehen, aber ich hielt sie fest.

»Er … er wollte gehen. Und ich verstehe ihn.«

Rose verdrehte ihre Augen, ließ mir aber ihre Hand.

»Du verstehst ihn?«

Ich nickte. »Und das Beste, was ich ihm wünschen konnte, war Glück. Glück bei der Suche. Glück, dass keine Bombe ihn erwischen wird.«

Sie schien über meine Worte nachzudenken.

»Glück«, sagte sie leise. »Ja, ich wünsche ihm auch Glück.«

6

Sorge um Cooper

Cooper war seit zwei Tagen in London.

Es war der 29. Dezember. Ein Sonntag. Um 18:15 Uhr flogen zehn Pfadfinder-Maschinen des Kampfgeschwaders 100 über die Londoner Innenstadt, um die Ziele für die Maschinen der Luftflotte 2 und 3 zu markieren. In den folgenden vier Stunden flogen 136 deutsche Bomber über die Stadt. Beladen mit Brand- und Sprengbomben.

London stand in Flammen. Eine deutsche Sprengbombe hatte eine Hauptwasserleitung getroffen, was die Löscharbeiten behinderte.

Schon einmal hatte London gebrannt. Im Jahr 1666. Ein Sonntag. Am frühen Morgen brach das Feuer in einer Backstube in der Pudding Lane aus. Es zerstörte vier Fünftel der Londoner City, auch die St.-Pauls-Kathedrale ging in Flammen auf. Der Architekt Christopher Wren übernahm die Planung für den Wiederaufbau der Stadt. Mehrere seiner Entwürfe für die St.-Pauls-Kathedrale wurden abgelehnt. Erst 1708 war der Bau vollendet.

Am Silvestermorgen sahen wir die Kathedrale auf der Titelseite der *Daily Mail*. Die große Kuppel ragte aus dem Rauch empor. Die Kathedrale war nicht in Flammen aufgegangen. Sie zählte neben der Tower Bridge zu den bedeutendsten Wahrzeichen der Stadt und wurde jetzt zum Symbol unserer Standhaftigkeit. *We never surrender.*

Symbole waren Teil des Krieges, vielleicht Teil des menschlichen Daseins.

Ich hätte jedes Symbol für Cooper hergegeben.

Wir hatten nichts von ihm gehört.

Mr. Blake hatte mich gebeten, eines der Pferde für ihn fertig zu machen. Er wollte ausreiten. Als er den Stall betrat, stand Hugo gesattelt für ihn bereit.

Mr. Blake hatte tiefe Augenringe und wirkte fahrig. Er sah mich an, ein Blick, den ich nicht deuten konnte.

»Was macht mein Sohn in London?«, fragte er. Unterdrückter Zorn in seiner Stimme.

Ich atmete hörbar ein.

»Ich frage nicht dich«, sagte er barsch.

»Ja, Sir.«

»Ich würde Cooper gerne verstehen. Wer ist Cooper?«

»Vielleicht ... Er ...«

»Henry«, unterbrach Mr. Blake mich, »ich frage nicht dich.« Er betonte jedes Wort. Als ob er zu einem Schwerhörigen oder Begriffsstutzigen sprechen würde.

»Ja, Sir«, sagte ich wieder. »Entschuldigung.«

»Wenn Cooper etwas geschehen ist ... wenn er nicht zurückkommt, wird meine Frau mir die Schuld geben.«

Kurz war ich versucht, ihm zu versichern, dass es nicht seine Schuld wäre, dass Cooper gehen wollte, dass niemand ihn hätte aufhalten können. Aber ich schwieg, denn jetzt hatte ich verstanden: Er sprach zu Hugo. Und ich war so etwas wie ein Pferd für ihn. Er wollte weder Antwort noch Trost.

»Wie können zwei Söhne so unterschiedlich sein?«

Dann nahm er Hugos Zügel und führte das Tier nach draußen.

Kurz nachdem Mr. Blake fort war, kam Rose in den Stall.

»Noch immer keine Nachricht von Cooper«, sagte sie, »und es ist schwer, jemanden in London zu erreichen. Mama telefoniert den ganzen Tag. Aber viele Leitungen funktionieren nicht. Und … Ich meine … Cooper ist sicher nicht bei irgendwelchen Bekannten von uns … Weißt du, wo genau sie wohnt?«

»Wer?«

»Na, Coopers Freundin oder Geliebte oder …«

Ich schüttelte den Kopf. Ich war der Einzige, der wusste, dass sie ein Er war. Gilbert.

»Es scheint nicht viele Tote gegeben zu haben. Kannst du dir das vorstellen? Die ganzen Bomben, das Feuer und nur ein paar Hundert Tote. Ich hätte gedacht, dass …« Sie brach ab, Tränen liefen über ihre Wangen.

»Rose«, sagte ich, »es ist eine gute Nachricht, dass es nur wenige Tote gibt.«

Sie nickte. »Aber Cooper hat immer Pech. Er … er hat immer Pech. Und wenn es nur einen Toten geben würde, ich hätte Angst, dass es Cooper wäre.«

Ich legte meine Arme um Rose und hielt sie fest. Eine Weile standen wir so da.

»Liam geht es gut«, sagte sie und trat einen Schritt

zurück. Sie lachte auf. »Liam hat immer Glück, und Cooper hat immer Pech. Das Leben ist doch wirklich nicht fair.«

»Nein«, sagte ich. »Aber vielleicht … Ich glaube, dass Cooper dieses Mal auch Glück hatte.«

Rose sah mich an. »Glaubst du das wirklich?«, fragte sie ernst.

»Ja«, sagte ich zögerlich, und dann bestimmt: »Ja. Ich glaube es wirklich. Er kommt zurück.«

Es war nicht einfach nur dahergesagt. Ich war mir sicher, dass Cooper nichts geschehen war.

Und ich sollte recht behalten. Am nächsten Tag kam Cooper nach Hause. Unversehrt, zumindest äußerlich. Denn Gilbert war tot.

1941–1943

I

Kartoffeln statt Tennis

Es war Februar, als die zwei Herren vom Ministry of Agriculture, Mr. Fuge und Mr. Moore, in Blake Hall auftauchten. Mein Vater hatte mich gebeten mitzukommen. Zu sechst – Mr. Fuge, Mr. Moore, Mr. Blake, Mr. Roger, mein Vater und ich – fuhren wir in zwei Autos durch den Park.

Anstatt Rosen und Ziersträuchern sollten nun Kartoffeln und Karotten angepflanzt werden. »Dig for victory« hieß die Kampagne des Ministry of Agriculture, um die Lebensmittelversorgung der Bevölkerung zu sichern. Jeder, der ein Stück Land oder auch nur einen winzigen Garten besaß, wurde dazu angehalten, Obst und Gemüse anzubauen. Endlich konnte Mr. Blake einen Beitrag zum Krieg leisten. Blake Hall sollte das Musterbeispiel der Kampagne werden.

Mein Vater, Mr. Rogers und ich steckten überall dort, wo ein Feld oder ein Acker entstehen und Ställe für Schweine und Hühner gebaut werden sollten, Fähnchen in die Erde. Männer unter achtzehn und Frauen aus den umliegenden Dörfern würden beim Anbau und später bei der Ernte helfen.

Wir hielten am Tennisplatz.

»Kartoffeln«, sagte Mr. Blake und deutete auf den Platz.

»Aber Mr. Blake, der Tennisplatz kann bleiben«, sagte Mr. Fuge.

»Nein«, sagte Mr. Blake mit einem zufriedenen Lächeln auf den Lippen.

Mein Herz raste, schlug bis zum Hals.

»Mr. Blake, Sir, wo soll Rose …«, stammelte ich.

»Henry?«, fragte Mr. Blake. »Möchtest du etwas sagen?«

»Ich …« Mein Vater sah mich an, schüttelte leicht den Kopf. Ich ignorierte ihn. »Wo soll Rose denn Tennis spielen, Sir?« Meine Stimme klang seltsam schrill.

Mr. Blake betrachtete mich, ich hielt seinem Blick stand.

»Gar nicht«, sagte er schließlich. »Sie soll gar nicht spielen. Ihr zwei habt euch genug amüsiert. Es ist Krieg, und wir müssen alle Opfer bringen.«

»Aber …«, begann ich.

»Sei still, Henry«, zischte mein Vater. Er reichte mir ein Fähnchen. Alle fünf Männer starrten mich an.

Vier Schritte. Ich ging langsam, hoffte, dass Mr. Blake seine Meinung doch noch ändern würde.

»Henry. Beeil dich!«, rief mein Vater.

Ich steckte die Fahne in die Erde.

Den Rest des Tages verbrachte ich in einer Art Trance. Ich trottete den fünf Männern hinterher, steckte Fahnen in den Boden. Ich dachte an den Tennisplatz, der zum Kartoffelacker werden sollte – einem von acht. Acht Kartoffelacker. Ein Symbol, mehr nicht. Sieben wären genug gewesen.

Ich hatte Mr. Blake beim Tennis geschlagen, verbrachte zu viel Zeit mit seiner Tochter, aber jetzt hatte er gewonnen.

Als auch das letzte Fähnchen platziert war, trennte sich die Gruppe. Mr. Blake führte die Herren vom Ministry of Agriculture ins Haus. Mr. Rogers, mein Vater und ich fuhren zu unserem Cottage.

Mein Vater setzte Tee auf. Wir saßen zu dritt am Küchentisch. Die beiden Gärtner machten Pläne für das bevorstehende Unternehmen.

Ich hörte kaum zu, meine Gedanken waren bei Rose.

»Er macht das nur, um es mir heimzuzahlen«, sagte ich und unterbrach ihre Unterhaltung.

»Henry!«, rief mein Vater streng.

»Aber es ist wahr! Selbst dieser Mr. Fuge hat gesagt, der Tennisplatz könnte bleiben. Ich wollte doch ein Dach bauen, damit Rose auch im Winter spielen kann. Er macht das, weil ich gewonnen habe, und um Rose … damit sie …«

»Henry«, sagte mein Vater, »Mr. Blake kann tun und lassen, was er will. Wir haben ihm eine Menge … *alles* zu verdanken. Was glaubst du, wo wir jetzt wären, wenn ich nicht die Anstellung hier bekommen hätte?«

Ich senkte meinen Kopf. Natürlich war ich dankbar, hier zu sein. Und trotzdem war ich wütend. Ja, ich verachtete Mr. Blake geradezu.

»Ach, ach«, sagte Mr. Rogers sanft, »wenn der Krieg vorbei ist, bauen wir Rose einen neuen Platz. Mr. Blake meint es sicher nicht böse. Er will seinen Beitrag leisten, um diesen Krieg zu gewinnen.«

»Es ist trotzdem nicht fair.«

»Ist es nie, mein Junge«, sagte Mr. Rogers.

An diesem Abend ging ich früh zu Bett und sah Rose erst am nächsten Tag. Sie wusste bereits, dass ihr Platz zum Acker werden sollte. Um sie aufzumuntern, wiederholte ich Mr. Rogers' Worte.

»Wenn der Krieg vorbei ist«, sagte sie abfällig. »Und wenn es noch Jahre dauert? Wimbledon kann ich dann vergessen. Ich werde aus der Übung sein. Ich hasse ihn.«

Ich weiß nicht, warum ich Mr. Blake verteidigte, fühlte ich doch genauso wie Rose. »Er will nur helfen, den Krieg zu gewinnen«, sagte ich.

»Und der Ausgang des Krieges hängt davon ab, ob ich Tennis spiele oder ob es ein paar mehr Kartoffeln gibt?«

»Natürlich nicht«, sagte ich, »aber …«

»Was aber?«, unterbrach sie mich.

Ich schwieg, ließ ihr das letzte Wort, denn mehr konnte ich nicht für sie tun.

2

Verabredung in der Zukunft

Anfangs schienen die vielen Veränderungen Rose und mich einander noch näher zu bringen. Cooper ging zum Militär. Überall im Park wurden Felder und Äcker angelegt. In Blake Hall wimmelte es von Menschen. Zwei kriegsversehrte Soldaten wurden als Stallburschen eingestellt und zogen in Craig Larsons Cottage.

Ich vermisste die Pferde.

Ich half Mr. Rogers, meinem Vater und den vielen Hilfskräften beim Graben und Schaufeln. Aber oft verschwand ich einfach, um mit Rose zusammen zu sein.

Mr. Blake begutachtete die Arbeiten zufrieden. Wie ein General auf einem Schlachtfeld ritt er von einer Baustelle zur anderen. Verteilte Lob und mahnte.

Teile des Waldes wurden abgeholzt. Mr. Blake hatte Rose versprochen, dass die Esche verschont werden würde, aber unbeobachtet waren wir hier nicht mehr.

Rose und ich suchten meist Zuflucht im Geisterzimmer – dem einzigen Ort, wo wir alleine sein konnten.

Manchmal schwiegen wir stundenlang. Unsere fast nackten Körper ineinander verschlungen.

Es war ein sonniger Märztag, ein Nachmittag, den wir sicher auf dem Tennisplatz verbracht hätten. Aber der Tennisplatz war jetzt ein Kartoffelacker.

Wir lagen auf dem Bett des Geisterzimmers, ich küsste Rose' Schulter.

»Du wirst eine berühmte Tennisspielerin und ich der Gärtner von Blake Hall. Wir …«

»Henry, hör auf«, sagte sie.

»Aber …«

»Ich versuche, nicht daran zu denken.«

»Woran?«

»An die Zukunft«, sagte sie barsch.

»Wir werden zusammen sein und …«

»Ich habe gesagt, du sollst aufhören.«

Ich hörte nicht auf. »Auch wenn es vielleicht nicht so sein wird, wie … Aber wir werden zusammen sein?«

Rose schwieg.

»Willst du nicht mehr, dass wir …«

»Doch, Henry. Ich kann es mir bloß nicht mehr vorstellen.«

»Uns?«, fragte ich.

»Die Zukunft.«

Ich nahm Rose' Hand. »Der Krieg ist vorbei. Natürlich gewinnen wir. Hitler ist tot. Cooper und Liam kommen nach Hause. Der Park wird wieder so aussehen wie vorher. Der Tennisplatz bekommt eine Überdachung. Du wirst noch besser werden. Und dann wirst du in Wimbledon spielen und gewinnen. Ich wohne im Cottage und du im Haus. Wir werden uns jeden Tag sehen …« Während ich sprach, wurde mir klar, wie kindlich diese Vorstellung war und dass wir beide keine Kinder mehr waren. Noch nicht erwachsen, aber auch keine Kinder mehr.

Rose drückte meine Hand. »Wir werden sehen, was … was die Zukunft bringt.«

»Wenn der Krieg vorbei ist, denken wir uns einen neuen Plan aus«, sagte ich.

»Ja. Wenn der Krieg vorbei ist, will ich tanzen und auf Partys gehen. Gesellschaften und reisen. Ich will Champagner trinken.«

Ich ließ Rose' Hand los. Wo war ich in diesen Nachkriegsplänen?

»Und Tennis?«, fragte ich, weil ich mich nicht traute zu fragen: Und was ist mit mir?

»Ja«, sagte sie, »natürlich. Und wenn ich nicht in Wimbledon spiele, will ich zumindest im Publikum sitzen.«

»Ich werde da sein.«

Rose lachte.

»Was ist so lustig?«, fragte ich.

»Ich weiß nicht. Es … es klingt wie eine Verabredung … in der Zukunft.«

Obwohl ich die Wärme ihres Köpers spüren konnte, fühlte es sich in diesem Moment so an, als ob sie unendlich weit weg wäre.

»Ich muss jetzt gehen«, sagte sie und zog sich an.

»Warum? Wohin?«, fragte ich panisch.

Rose lachte wieder. »Klavierunterricht. Was ist denn los, Henry?«

»Nichts. Ich bleibe noch ein bisschen hier.«

»Lass dich nur nicht erwischen.«

Rose verschwand durch die Tür. Bald schon hörte ich ihr Klavierspiel. Chopin. Sie spielte gut.

Ich schloss meine Augen.

Wie gerne wäre ich nach unten in den Salon gegangen, um ihr zuzusehen.

Ich versuchte, mir einen Plan für meine, für unsere Zukunft auszudenken. Etwas, das Rose begeistern würde. Woran sie glauben konnte.

Doch ich fand weder Worte noch realistische Bilder. Nur unsere erste Begegnung spielte sich wie ein Film vor meinem inneren Auge ab.

3

Sommer ohne Schlammsee

Im Sommer verloren wir den Schlammsee. Viele der Hilfsarbeiter verbrachten ihre Pausen oder den Feierabend hier. Manchmal fuhr ich auf meinem Rad zum See, sprang ins Wasser und tauchte hinab, um den Ring zu suchen.

Die Aushilfen – Jungs in meinem Alter, Männer über dreißig und ein paar Frauen – lachten und planschten. Ihre Fröhlichkeit machte mich wütend.

Rose verbrachte jetzt ganze Nachmittage am Klavier. Wenn ich nicht meinem Vater und Mr. Rogers half, saß ich allein im Geisterzimmer und hörte ihrem Spiel zu. Ich hatte das Gefühl, sie jeden Tag ein bisschen zu verlieren.

Ich hätte mich gern jemandem anvertraut, um Rat gefragt. Aber es gab niemanden. Cooper war der Einzige, der von Rose und meiner Freundschaft wusste, und Cooper war nicht hier.

Ich saß bei Fanny in der Küche, sie bereitete das Abendessen vor. Ich hatte vergeblich im Geisterzimmer auf Rose gewartet. Hatte ihrem Spiel gelauscht. Dann war es still gewesen. Aber als sie auch nach einer Stunde nicht aufgetaucht war, bin ich gegangen. Ich wusste nicht, wohin mit mir. Rastlos und müde zugleich ging ich in die Küche.

»Ich kann die Kartoffeln schälen«, sagte ich.

»Du bist ein guter Junge«, sagte Fanny und reichte mir ein Messer. Ich machte mich an die Arbeit.

»Henry«, sagte die Köchin nach einer Weile. Ich blickte auf.

»Ja?«

»Hast du Sorgen, mein Junge?«

Kurz war ich versucht, Fanny alles zu erzählen. Von meiner Liebe zu Rose und meiner Angst, sie zu verlieren. Aber ich schüttelte den Kopf.

»Du siehst aus wie jemand, der Sorgen hat«, sagte Fanny.

»Ach … nein. Der Krieg und …«

Die Köchin seufzte. »Ja, der Krieg. Und die Schule?«, fragte sie. »Das war dein letztes Jahr, nicht wahr?«

»Ja.«

»Wenn der Krieg vorbei ist, solltest du auf eine höhere Schule gehen und vielleicht sogar studieren. Du bist ein kluger Junge.«

Ich zuckte mit den Schultern.

»Henry«, sagte sie ernst, »du musst was aus deinem Leben machen.«

»Mmmh«, sagte ich.

»Was stellst du dir vor? Für deine Zukunft?«

»Ich will der Gärtner von Blake Hall werden.«

»Das ist anständig, aber du könntest deinen eigenen Garten haben. Natürlich nicht so einen Garten wie Blake Hall, aber etwas Eigenes.«

»Ich will aber hierbleiben«, sagte ich.

Fanny lächelte. »Du magst sie sehr.«

Und ohne nachzudenken, sagte ich: »Ja.«

»Sie wird nicht immer hier sein. Irgendwann wird Rose heiraten.«

»Nein«, sagte ich. »Sie will nicht heiraten. Niemals.«

»Ach, mein armer Junge.«

Ich spürte, dass ich einen Kloß im Hals hatte. Ich schluckte.

»Ihr seid keine Kinder mehr«, sagte Fanny.

»Ich weiß.«

»Deshalb musst du vorsichtig sein.« Fanny sah mich an. »Ich weiß nicht viel, Henry, ich bin nur eine Köchin. Aber Rose und du … Das hat keine Zukunft.«

»Ich werde mir eine ausdenken. Eine Zukunft für uns. Für mich und Rose«, platzte es aus mir heraus.

»Ach Henry, armer Henry. Man darf träumen. Aber … Hier ist eine Zukunft für dich: Du wirst studieren und vielleicht Anwalt werden. Eines Tages wirst du ein nettes Mädchen kennenlernen. Ihr werdet heiraten und Kinder haben. Ein hübsches Haus mit Garten. Und ab und zu kommst du deine alte Fanny in Blake Hall besuchen und zeigst ihr Bilder von deinem wunderbaren Leben.«

Ich starrte auf die Kartoffel in meiner Hand.

»Ich hasse Kartoffeln«, sagte ich.

»Jetzt redest du Unsinn.«

Ich schwieg.

Wenn es keine Kartoffeln gäbe, würde es keine Kartoffeläcker geben. Wenn es keine Kartoffeläcker gäbe, hätten wir noch den Tennisplatz. Rose und ich würden jeden Tag spielen. Und wir hätten eine Zukunft.

4
Tanz ohne Musik

Im Herbst holten wir die erste Ernte ein. Mr. Blake hätte nicht stolzer sein können. Eine Delegation vom Ministry of Agriculture, zwei Reporter und ein Fotograf kamen nach Blake Hall. Die Reporter wollten ein Gruppenfoto für ihre Zeitung. Wir stellten uns auf. In der Mitte Mr. Blake, Mrs. Blake und Rose. Alle anderen – Gärtner, Hilfsarbeiter, die Herren vom Ministerium – wurden von dem Fotografen um die Familie herum positioniert. Ich saß im Schneidersitz auf dem Boden, vor mir ein Korb mit Kartoffeln.

Mrs. Blake sah blass und dünn aus. Ihr Blick abwesend, ganz im Gegensatz zu ihrem Mann, dessen Augen und Wangen glühten.

Als der Fotograf mit dem Ergebnis zufrieden war, löste sich die Gruppe auf. Familie, Presse und die Delegation verschwanden Richtung Haus. Die anderen gingen zurück auf die Felder und Äcker und setzten ihre Arbeit fort. Nur ich rührte mich nicht. Als ich allein dastand, nahm ich den Korb mit den Kartoffeln und lief zum Haus. Ich ging durch den Dienstboteneingang in die Küche. Nur die Küchenhilfen Kitty und Iris waren da. Ich stellte den Korb auf den Tisch.

»Kartoffeln«, sagte ich. »Wo ist Fanny?«

»Sie hat sich hingelegt. Die Beine tun ihr weh«, sagte Kitty.

Die Abwesenheit der Köchin war mir sehr recht, denn ich plante nicht, das Haus wieder durch den Dienstbotenausgang zu verlassen, und seit unserer letzten Unterhaltung fühlte ich mich von Fanny ständig beobachtet.

»Hoffentlich geht es ihr bald besser«, sagte ich. »Hier sind Kartoffeln. Frisch geerntet.«

Schnell marschierte ich zur Hintertreppe und lief nach oben. Das Geisterzimmer war leer. Ich lehnte die Tür nur an. Aus dem Salon waren Stimmen zu hören. Ich versuchte, Rose' auszumachen. Entweder sagte sie nichts, oder sie war nicht im Salon.

Ich hockte mich auf das Bett und hoffte, dass Rose erscheinen würde. Sie kam nicht.

Schließlich stand ich auf und schlich den Flur entlang zu Rose' Zimmer. Ohne anzuklopfen, ging ich hinein. Rose lag auf ihrem Bett, sie trug ein fliederfarbenes Abendkleid aus glänzendem Stoff, in ihrer Hand hielt sie einen Tennisschläger.

Sie schreckte hoch und ließ den Schläger fallen.

»Henry. Was machst du hier?«, fragte sie vorwurfsvoll.

»Ich wollte dich sehen. Ich …«

»Musst du nicht bei der Ernte helfen?«

Ich zuckte mit den Schultern. »Was … was machst du?«

»Nichts. Ich mache nichts.«

»Gehst du heute aus?«, fragte ich.

Sie lachte. »Wohin denn?«

»Ich dachte nur, das Kleid …«

»Ich hatte es noch nie an«, sagte sie. »Gibt ja keine Anlässe mehr.«

»Wenn der Krieg vorbei ist …«, begann ich.

»Passt es mir sicher nicht mehr«, fiel sie mir ins Wort.

»Es ist schön. Du siehst schön aus.«

Rose lächelte. Sie stand auf. »Komm, tanz mit mir.«

»Ich kann nicht tanzen.«

»Du konntest auch nicht Tennis spielen oder reiten. Ich bring es dir bei.«

Sie legte meinen rechten Arm um ihre Hüfte. Dann ihren linken auf meine Schulter.

»Und den andern hoch und an die Hände fassen. Zwei Schritte vor und einen zurück.«

»Brauchen wir keine Musik?«, fragte ich.

»Musst du dir vorstellen.« Leise zählte sie: »Eins, zwei und drei. Und eins, zwei und drei. Drehung. Eins, zwei … Den Fuß zurück und jetzt vor.«

Ich folgte ihren Anweisungen, so gut ich konnte.

»Atmen, Henry, nicht so steif.«

»Das sagst du so einfach.«

»Ja, das sage ich so einfach, weil es einfach ist. Eins, zwei und drei. Atmen. Atmen.«

»Mache ich doch«, sagte ich wütend.

Rose lächelte amüsiert. Meine Wut verflog sofort, und ich musste auch lächeln. »Eins, zwei und drei«, flüsterte sie.

Bald schon hörte sie auf zu zählen. Schweigend tanzten wir durch den Raum. Dann sagte sie unvermittelt: »Bin ich ein schlechter Mensch, dass ich mich nach

Bällen und Partys sehne, während meine Brüder gegen die Deutschen kämpfen und Bomben auf England fallen?«

»Du bist kein schlechter Mensch, Rose«, sagte ich, ohne zu zögern.

»Wenn ich ein Mann wäre, würde ich auch in den Krieg ziehen und kämpfen, damit … damit alles wieder normal wird.«

»Man muss achtzehn sein. Wenn ich achtzehn bin, werde ich gehen.«

»Wenn du achtzehn bist, ist der Krieg sicher vorbei. Es kann doch nicht noch Jahre dauern.«

»1943.«

»1943«, sagte sie und begann wieder zu zählen. »Eins, zwei und drei. Komm, Henry, locker die Hüften. Wie beim Tennis.«

5
Wo man hingehört

Am 11. Dezember erklärten Deutschland und Italien den USA den Krieg. Wir waren nicht mehr allein im Kampf gegen Hitler.

»Das ist der Anfang vom Ende«, sagte der Diener Dale. Worte, die ich schon einmal gehört hatte. Aber jetzt klangen sie verheißungsvoll. Der Anfang vom Ende des Krieges.

Ich half meinem Vater, die reifen Tomaten in einem der Gewächshäuser zu pflücken. Schweigend verrichteten wir unsere Arbeit, als er mich unvermittelt fragte: »Wo verbringst du deine Zeit?«

»Was meinst du?«

»Manchmal bist du ganze Nachmittage unauffindbar.«

»Ich ... Keine Ahnung. Draußen. Ich helfe, und manchmal bin ich zu Hause oder ... bei Fanny in der Küche.«

»Nein«, sagte mein Vater.

Ich sah ihn nicht an, begutachtete einen Tomatenstrauch.

»Henry?«

»Ja?«

»Ich habe dich etwas gefragt.«

»Was?«

»Wo verbringst du deine Zeit?«

»Habe ich dir doch gesagt.«

»Du lügst.«

Ich schwieg. Was sollte ich denn sagen? Im Geisterzimmer, und wenn Rose nicht neben mir liegt, warte ich auf sie?

Als er sagte: »Ich glaube, nein, ich bin mir sicher, dass du mit ihr zusammen bist«, wurde mir heiß. Meine Wange und mein Hals glühten.

»Mit wem?«, fragte ich so unschuldig wie möglich.

»Rose Blake.«

Ich wollte widersprechen, leugnen, aber ich brachte kein Wort heraus.

»Du weißt, dass … Du und Rose, das hat keine Zukunft.«

Worte, die ich schon einmal gehört habe.

»Hast du mit Fanny gesprochen?«, fragte ich.

»Mit Fanny? Warum?« Er war ernsthaft überrascht.

»Nur so.«

Mein Vater stellte den Eimer ab, trat auf mich zu und legte seine Hand auf meine Schulter.

»Henry, ich meine das ernst.«

»Rose und ich sind einfach nur Freunde.«

Mein Vater seufzte. »Ihr seid keine Kinder mehr.«

»Ich weiß, ich weiß, ich weiß«, sagte ich lauter als beabsichtigt.

Mein Vater zuckte zusammen.

»Du hast *wohl* mit Fanny gesprochen!«, fuhr ich ihn an.

»Ich habe mit niemandem gesprochen. Ich mache mir Sorgen, Henry.«

»Um mich musst du dir keine Sorgen machen.«

Er lächelte. »Eines Tages, wenn du … wenn du Kinder hast, wirst du mich verstehen.«

Ich war froh, als Mr. Rogers das Gewächshaus betrat und unserer Unterhaltung ein Ende machte. »John, Henry«, sagte er und hob seine Hand zum Gruß. Sie zitterte. »Schön sind sie.« Die zitternde Rechte umfasste eine reife, dicke Tomate.

»Kann ich jetzt gehen?« Ich deutete auf die acht mit Tomaten gefüllten Eimer.

»Wo willst du hin?«, fragte mein Vater.

»Zu Fanny … Ich habe Hunger.«

»Kannst du nicht bis zum Abendessen warten?«

»Aber John. Wenn der Junge Hunger hat«, sagte Mr. Rogers.

»Na schön …« Er brach ab und nickte.

Ich lief hinaus. Ein bitterkalter Wind schlug mir entgegen. Ich rannte zum Haus, durch den Dienstboteneingang in Fannys Küche. Drei dampfende Töpfe standen auf der Herdplatte.

»Henry.« Sie lächelte. »Hühnersuppe«, sagte sie, »gut an diesen kalten Tagen. Wie geht es dir?«

»Hast du etwas zu meinem Vater gesagt?«, fragte ich, ohne auch nur Hallo zu sagen.

»Was meinst du, mein Junge?«

»Hast du etwas wegen Rose und mir gesagt, dass wir … dass wir keine Kinder mehr sind?«

Fanny lachte. »Dass ihr keine Kinder mehr seid, das muss ich deinem Vater nicht sagen, das weiß er selbst.«

»Ich meine … Hast du …?«

»Macht er sich Sorgen?«, fragte Fanny.

Ich nickte. »Und er hat … Er klang genauso wie du.«

»Ach, Henry. Man braucht ja nur zwei Augen im Kopf.«

Ich hockte mich auf den Schemel und senkte mein Haupt.

»Was soll ich denn machen?«, fragte ich.

»Nichts, Henry, nichts. Bald ist der Krieg vorbei, jetzt, wo die Amerikaner uns zur Seite stehen. Ich halte ja nicht viel von denen, aber es sind viele, ein so großes Land. Kannst du dir vorstellen, wie viele Soldaten sie haben? Und dann schauen wir weiter. Dann wird alles besser, das verspreche ich dir. Einfacher wird es. Und die Dinge werden sich von allein klären.«

»Was wird sich klären?«

»Wo man hingehört. Die Zukunft.«

Dann stand mein Vater in der Küche, einen Eimer mit Tomaten in der Hand. »Hier bist du.« Er lächelte verlegen.

»Habe ich doch gesagt.«

»Gut. Ja.« Er stellte den Eimer auf die Ablage und wandte sich an Fanny. »Frische Tomaten.«

»Ich muss schon sagen, John, Sie haben wirklich eine Gabe.«

6
Die zweite Zigarette

Der Krieg endete auch 1942 nicht. Nicht weit von Blake Hall errichtete die Royal Air Force einen Luftwaffenstützpunkt, der amerikanische Bombergeschwader beherbergte. Von hier flogen sie Angriffe auf Deutschland. Blake Hall versorgte den Stützpunkt mit Gemüse, Eiern, Schweine- und Hühnerfleisch.

Außerdem stellte Mr. Blake den Offizieren einen Teil des Hauses zur Verfügung. Wir verloren auch das Geisterzimmer. Es gab keinen Ort mehr für Rose und mich.

Mr. Blake fühlte sich nun vollends kriegswichtig. Er schien glücklicher als je zuvor.

Rose zuckte mit den Schultern. »Wenigstens ist wieder was los«, sagte sie. »Seitdem Cooper und Liam fort sind und kein Besuch mehr kommt, war es schrecklich still.«

»Was ist mit uns?«, fragte ich. »Ich meine, wo können wir uns sehen?«

»Wir werden schon etwas finden.«

Manchmal trafen wir uns in einem kaum genutzten Geräteschuppen. Es war dunkel, staubig und eng. Und als es Sommer wurde, wurde es so heiß, dass man es kaum aushielt.

Es gab Stunden in dem Schuppen, da waren wir uns

ganz nah, und dann kamen Tage, da spürte ich, dass Rose so schnell wie möglich wegwollte.

»Kannst du nicht noch ein bisschen bleiben?«

Aber wenn sie einmal beschlossen hatte zu gehen, nützte kein Bitten, kein Betteln.

Seitdem die amerikanischen Offiziere Blake Hall bewohnten, hatte Fanny eine dritte Küchenhilfe eingestellt, und auch der Diener Dale bekam Verstärkung.

»Also, freundlich sind diese Amerikaner ja«, sagte Fanny.

Die Küchenhilfen kicherten.

»Was denn, ihr albernen Mädchen?«

»Sie sind freundlich und sehen gut aus«, sagte Kitty.

»Ich bin froh, wenn sie wieder verschwinden«, sagte ich.

»Was haben sie dir denn getan?«, fragte die Köchin.

»Nichts haben sie mir getan. Ich meine ja nur: Wenn sie gehen, ist der Krieg vorbei.«

Fanny nickte. »Da hast du wohl recht, mein Junge.«

»Vielleicht bleiben sie ja trotzdem«, sagte Kitty. Wieder kicherten sie.

»Ihr seid wirklich albern«, sagte Fanny.

Irgendwie schienen alle sehr glücklich über die Anwesenheit der Offiziere zu sein.

Mein Vater, weil er mich nun ständig sah.

Die restliche Dienerschaft, weil die Herren nett und höflich waren.

Selbst Mrs. Blake war nicht mehr so blass und dünn wie im letzten Jahr.

Nur der Butler Mr. Ward und ich konnten die neuen

Bewohner nicht ausstehen. Aus unterschiedlichen Gründen.

»Ein unzivilisiertes Volk« nannte Mr. Ward die Amerikaner.

Und ich grollte ihnen, weil sie Rose und mir das letzte Versteck genommen hatten.

Ich lernte in dieser Zeit einiges über mich. Vor allem, dass ich keine Leidenschaft für den Beruf meines Vaters aufbringen konnte. Natürlich, wenn der Krieg erst einmal gewonnen war, würden da, wo jetzt Äcker und Felder waren, wieder Rasen, Büsche und Zierpflanzen wachsen. Aber ob Gemüse oder Rosen – es interessierte mich nicht.

Nur der Tennisplatz, den ich für Rose anlegen würde, fesselte meinen Geist. Ich säte den Rasen Hunderte Male in meinen Gedanken.

Ich lernte, dass ich kein Talent für die Mundharmonika hatte.

Und ich lernte, dass ich mich nie zu hundert Prozent auf etwas konzentrieren konnte, ein Teil von mir war immer bei Rose.

Um die Ecke des Dienstboteneingangs stand eine Bank, dort rauchte das Personal. Hier konnte man Rose Klavier spielen hören. Gedämpft, leise.

»Was machst du hier, Henry?«, fragte Dale, als er mich auf der Bank sitzen sah.

»Ich … rauche«, sagte ich, »hab nur meine Zigaretten vergessen.«

Dale hielt mir sein Päckchen hin, und ich nahm mir eine.

»Ich habe auch kein Feuer dabei.«

Dale reichte mir sein Feuerzeug.

Meine erste Zigarette schmeckte scheußlich.

»Alles gut, Henry?«, fragte Dale und setzte sich neben mich.

Ich zuckte mit den Schultern.

»Du weißt nicht, wohin mit dir, he?«

»Ja«, sagte ich überrascht. Denn genau das war mein Problem. Ich wusste nicht, wohin mit mir.

»Es sind keine einfachen Zeiten. Für niemanden. Was willst du mal werden?«

»Der Gärtner von Blake Hall«, sagte ich.

»Wie dein Vater?«

Ich nickte.

»Warum?«

»Warum was?«

»Warum willst du Gärtner werden? Weil dein Vater Gärtner ist oder weil du es wirklich willst?«

»Ich will in Blake Hall bleiben, deshalb.«

»Ja. Ist schön hier«, sagte Dale. »Irgendwann wird Liam der Herr von Blake Hall sein, eine eigene Familie gründen. Rose wird heiraten und wegziehen, und Cooper, das ist schwer zu sagen, aber ich glaube nicht, dass er hier wohnen bleibt.«

»Warum?«

»Weil Cooper …«

»Nein«, unterbrach ich ihn. »Warum bist du dir so sicher, dass Rose heiraten und wegziehen wird?«

Er sah mich an. »Weil das immer so ist, Henry. Die Töchter heiraten und ziehen fort.«

»Kann ich noch eine Zigarette haben?«
Die zweite schmeckte schon besser.

7
Du kannst alles werden

Es war der Abend vor Silvester. Wir saßen im Dienstbotenspeisesaal.

»Und, Henry?«, fragte Dale.

»Ich weiß nicht. Wenn ich etwas fallen lasse oder mich ungeschickt anstelle?«

Dale lachte. »Wirst du schon nicht, und selbst wenn. Bitte, Henry, ich brauch dich.«

»Einverstanden«, sagte ich.

»Danke«, sagte Dale. »Danke.« Und dann rief er: »Mr. Ward.« Der Butler saß am anderen Ende des Tisches. »Henry wird mir morgen Abend helfen.«

»Henry?«, fragte Mr. Ward. Er klang nicht sonderlich begeistert. »Aber wir haben doch den Smith-Jungen.«

»Es werden über fünfzig Leute da sein.«

»Gut«, sagte Mr. Ward. »Na gut. Henry, wir müssen dir eine passende Uniform suchen. Komm mit mir.«

Der Butler stand auf. Ich folgte ihm in sein Büro. Ein düsterer Raum, in dem drei Schränke, ein Schreibtisch und eine Lampe standen. Auf dem Schreibtisch stapelten sich Unterlagen und Kontobücher.

Mr. Ward öffnete einen der Schränke.

Er holte einen schwarzen Frack, schwarze Hosen, ein weißes Hemd und weiße Handschuhe hervor.

»Probiere es an«, sagte Mr. Ward. Er reichte mir die Kleidung und wandte sich von mir ab.

Der Stoff roch nach Lavendel.

Ich zog mich schnell um.

»Passt«, sagte ich.

Mr. Ward musterte mich von oben bis unten, dann nickte er zufrieden.

»Ich lass es noch aufbügeln, du kannst dich morgen hier fertig machen. Kämm dir die Haare ordentlich. Und saubere Fingernägel.«

»Ich habe doch Handschuhe an.«

»Saubere Fingernägel, Henry«, sagte er streng.

»In Ordnung.«

Dale und ich gingen nach draußen und rauchten eine Zigarette.

»Wird schon werden. Und danke«, sagte er und klopfte mir auf die Schulter.

»Schon komisch, dass Mr. Blake auf einmal Feierlichkeiten zulässt«, sagte ich. »Und dann gleich einen Ball.«

»Ist ja für die Offiziere«, sagte Dale. »Vielleicht hilft es, den Krieg zu gewinnen, wenn sich alle einen Abend lang amüsieren dürfen.«

»Wer kommt denn?«

»Ein Haufen Amerikaner und Freundinnen von Rose.«

»Rose hat keine Freundinnen«, sagte ich barsch.

Dale betrachtete mich amüsiert. »Junge Damen angesehener Familien. Bekannte der Blakes. Schließlich ist es ein Ball. Mit wem sollen die Offiziere tanzen?«

»Ob Liam und Cooper nach Hause kommen?«

»Ich habe gehört, dass Liam erwartet wird. Aber Cooper nicht.«

»Ich mag Cooper«, sagte ich. »Ich vermisse ihn.«

»Ein komischer Kauz, aber ein feiner Kerl«, sagte Dale.

Ich steckte mir noch eine Zigarette an. »Was muss ich morgen genau machen?«

»Es gibt kein gesetztes Essen. Nur ein Buffet. Hauptsächlich wirst du Getränke reichen.«

»Gläser auf einem Tablett?«

»Ja.«

»Ich habe noch nie ein Tablett getragen.«

»Ist ganz einfach«, sagte Dale.

»Können wir das vielleicht noch üben?«

Dale lachte. »Na gut. Dann komm.«

Wir gingen in die Küche. Dale füllte zehn Gläser mit Wasser und stellte sie auf ein Tablett.

Fanny und die Küchenhilfen schauten uns zu.

»Komm, lass uns auf den Flur gehen«, sagte Dale und nahm das Tablett.

Als ich versuchte, es auf einer Hand zu balancieren, zitterten die Gläser.

»Kann ich es mit beiden Händen halten?«

Dale nickte. »Lass das morgen bloß nicht Mr. Ward sehen.«

Das Tablett mit beiden Händen haltend schritt ich den Flur auf und ab.

»Das reicht«, sagte ich. »Eine letzte Zigarette?«

Es nieselte leicht.

»Wolltest du immer ein Diener werden?«, fragte ich.

Dale schwieg einen Moment. »Mein Vater war Diener, mein Onkel. Ich konnte mir nichts anderes vorstellen. Hatte keine Phantasie.« Er lachte. »Vielleicht würde ich, wenn ich die Zeit zurückdrehen könnte, etwas anderes machen.«

»Und was?«

Dale zuckte mit den Schultern. »Zur See. Matrose. Ein paar Abenteuer erleben. Mein Glück in Indien versuchen.«

Wieder lachte er. »Kannst du dir das vorstellen?«, fragte er mich. »Dale, der Abenteurer?«

Ich schloss meine Augen. »Ja«, sagte ich. »Ich kann es sehen.«

»Wirklich?«

Ich öffnete die Augen und nickte.

»War ich … glücklich?«, fragte er.

»Ja«, sagte ich.

»Hatte ich einen Bart?«

»Nein. Aber eine Augenklappe.«

Dale lachte. »War ich ein Matrose oder ein Pirat?«

»Eine Mischung aus beidem.«

Dale klopfte mir auf die Schulter. »Du hast Phantasie, Henry. Du kannst alles werden – alles, was du dir vorstellen kannst.«

8

Silvesterball für Offiziere

Alle Flügeltüren waren geöffnet, verbanden die unteren Räume miteinander. Die Möbel waren umgestellt worden. Der Salon und das anliegende Zimmer sollten später als Tanzfläche dienen. Im Speisezimmer war ein Buffet aufgebaut. In allen Räumen gab es Sitzgelegenheiten.

Es waren weit mehr als fünfzig Gäste da.

Rose trug ihr fliederfarbenes Kleid, sie stach heraus. Um sie herum Männer in Uniform und junge Damen, die neben ihr verblassten.

Ich stand in einer Ecke des Salons, hielt ein silbernes Tablett in meinen weiß behandschuhten Händen. Meine Fingernägel waren sauber, meine Haare mit Pomade zurückgekämmt.

Ich versuchte auszumachen, welchem Amerikaner sie am meisten Beachtung schenkte, aber Rose flirtete und lachte mit allen.

Liam war da, er hatte mich kurz begrüßt, distanziert freundlich.

»Henry.« Dale stand neben mir. »Dein Tablett ist leer.«

»Oh, habe ich gar nicht gemerkt«, sagte ich, ohne meine Augen von Rose abzuwenden.

»Füll es auf.«

Ich eilte in die Bibliothek. Auf einem langen Tisch standen Gläser, Wein- und Sektflaschen. Ich bestückte das Tablett. Schritt langsam zurück in den Salon. Mein Blick überflog die Menge und konnte das fliederfarbene Kleid nicht finden.

So schnell ich konnte, ging ich in das nächste Zimmer. Die Gläser wackelten. Ich blieb stehen. »Nicht umfallen«, flüsterte ich leise. Das Kristall gehorchte. Schon griffen Hände grinsender Amerikaner nach Wein und Sekt.

»Wie heißt du, Junge?«, fragte einer.

Unzivilisiertes Volk. Man fragt einen Diener nicht nach seinem Namen.

»Henry«, antwortete ich in geschwollenem Ton und klang ein bisschen wie Mr. Ward.

»Ich heiße Jim«, sagte er.

Ich nickte und ließ ihn stehen.

Dann entdeckte ich sie. Rose, meine Rose, thronte auf einem Sessel, zu ihrer Rechten, zu ihrer Linken und vor ihr kniete jeweils ein Offizier. Sie strahlte, sie lachte. Warf ihren Kopf in den Nacken.

Fünf Schritte.

»Sekt? Wein?«, fragte ich das Quartett. Ich sah Rose an, sah ihr direkt in die Augen.

»Danke, Henry«, sagte sie. Alle vier nahmen sich ein Glas.

»Gerne, Rose«, sagte ich scharf.

Sie lächelte verlegen. »Ist noch was?«

»Nein«, sagte ich, konnte mich aber nicht von der Stelle rühren.

»Es haben sicher auch noch andere Leute Durst«, sagte einer der Offiziere.

Ich nickte, stand noch immer da.

»Was hast du denn?«, fragte der zweite.

Ich antwortete nicht.

»Was hat er denn?«, fragte der Offizier nun Rose.

»Henry«, sagte sie sanft. Ihr Blick befahl mir zu gehen.

Ich drehte mich um und eilte in den Salon. Positionierte mich in meiner Ecke, ganz nah an der Wand. Bevor der Tanz begann, hielt Mr. Blake eine Rede. Ich hörte kaum zu. Nur einzelne Phrasen drangen zu mir durch. »Baldiger Sieg … Gewisser Sieg … Sieg … Sieg …« Dann zitierte er Churchill: *»Wappnet euch und seid tapfere Männer, und seid bereit zum Streite …«*

Und dann applaudierte die Menge, lächelte und nickte, denn ja, fast alle Anwesenden waren tapfere Männer. Und Mr. Blake applaudierte ihnen.

Und ich? Ich war der Sohn des Gärtners, heute ein Diener, letztes Jahr ein Stallbursche. Nur einmal war ich Henry gewesen, einfach nur Henry. In Wimbledon.

Ein Amerikaner bediente den Schallplattenspieler, Musik. Paare formten sich. Rose schenkte den ersten Tanz einem amerikanischen Piloten, er hatte sehr blaue Augen. Liam führte seine Mutter aufs Parkett. Mrs. Blake lächelte. So viele glückliche Menschen. Und ich spürte nur Bitterkeit in meinem Herzen.

Schon tanzte Rose mit einem anderen und dann mit einem Dritten. Keinem war mehr als ein Tanz mit ihr vergönnt.

Fünfzehn Minuten vor Mitternacht drückte Dale mir zwei Flaschen Sekt in die Hand. »Gläser auffüllen«, blaffte er.

Mr. Blake sagte dem Butler, er solle das restliche Personal nach oben bitten.

Um fünf Minuten vor Mitternacht versammelten wir uns alle in der Eingangshalle.

Mr. Blake schaltete das Radio an.

Mitternacht. Wir sangen »Auld Lang Syne«. Tranken auf das Ende des Krieges.

Bis zwei Uhr morgens wurde getanzt und getrunken. Dann war das Fest vorbei. Zwei Busse brachten die Amerikaner, die nicht in Blake Hall wohnten, zurück zu ihrem Stützpunkt.

Die jungen Damen – Rose' angebliche Freundinnen – waren auch im Haus einquartiert.

Wir, das Fußvolk, begannen mit den Aufräumarbeiten. Alle halfen, auch mein Vater, Mr. Rogers und die Stallburschen. Die Küchenhilfen kicherten und waren ganz durch den Wind. Wie schön die Damen in ihren Kleidern ausgesehen hatten, und die Amerikaner, ach, die Amerikaner. Sie seufzten.

Zwei Stunden später sagte Mr. Ward, dass wir den Rest am nächsten Tag erledigen würden, wir sollten jetzt ein paar Stunden schlafen.

»Kommst du, Henry?«, fragte mein Vater.

»Ich muss mich unten noch umziehen. Und ich bin überhaupt nicht müde. Geh schon mal vor.«

»Frohes neues Jahr, mein Sohn«, sagte mein Vater und umarmte mich.

Der Butler stand nicht weit von mir.

»Mr. Ward. Ich mache noch ein bisschen weiter. Kann eh nicht schlafen.«

Ich stand allein im Salon. Sammelte Gläser ein. Dann setzte ich mich auf den Boden und steckte mir eine Zigarette an. Es war still. Mein Blick fiel auf eine fast volle Flasche Sekt. Ich trank einen Schluck, noch einen und noch einen. Ich fühlte mich leicht und tapfer. Und trank und trank, bis die Flasche leer und ich betrunken war.

9
Wer kann die Regeln ändern?

Ich öffnete vorsichtig die Tür. Es war dunkel. Ich konnte ihren Atem hören.

»Rose«, flüsterte ich. »Rose.«

»Was? Wer?«

»Ich bin's«, sagte ich und schloss die Tür hinter mir.

»Henry, was machst du hier?«

Drei schnelle Schritte. Ich setzte mich auf die Bettkannte.

»Bist du verrückt? Wenn dich jemand erwischt!«

»Es schlafen alle.« Ich griff nach ihrer Hand. »Rose, ich …«

Ich wollte sagen: Ich liebe dich, Rose. Und es wäre der richtige Moment gewesen. Aber ich brachte die Worte nicht heraus. Stattdessen machte ich ihr Vorwürfe, dass sie mit allen außer mir getanzt hatte. Dass sie zu viel gelacht und ständig ihre Haare in den Nacken geworfen hatte. Ich wusste selbst, wie lächerlich ich klang. Wie kleinlich und eifersüchtig.

»Henry, was verlangst du eigentlich von mir? Was glaubst du, was mein Vater gesagt hätte? Du … du warst ein Diener heute Abend. Verstehst du das denn nicht?«

»Doch. Ja. Mit dem Diener darf die feine Rose Blake nicht tanzen.«

»Du bist gemein«, sagte sie.
»Gemein? Ich?«
»Ja. Ich kann die Regeln nicht ändern. Was soll ich denn machen? Was?«
»Man kann alles ändern, wenn man nur will«, sagte ich kalt.
»Du bist betrunken, Henry.«
»Jetzt bin ich betrunken und gemein, ja?«
»Ja«, sagte sie. »Und wenn du so bist, kannst du jetzt gehen.«
Ich ging nicht. Ich zog sie an mich. »Tut mir leid, tut mir leid. Ich will nicht gemein sein. Ich … Wir müssen die Regeln ändern, sonst haben wir keine Zukunft.«
»Henry, was redest du denn da?«
»Ich will mit dir zusammen sein. Richtig zusammen. Und du?«
»Natürlich will ich das, aber …« Sie hielt inne.
»Aber was? Aber was, Rose?«
»Ach, Henry«, sagte sie leise.
Ich legte mich neben sie. Rose streichelte mein Haar und sagte meinen Namen immer und immer wieder.
»Wer kann die Regeln ändern?«, fragte ich. »Wer?«
»Die Zeit«, sagte sie. »Wir müssen geduldig sein.«
»Und bis dahin schaue ich zu, wie du tanzt und lachst?«
»Du kannst auch tanzen und lachen«, sagte sie. »Nur nicht mit mir, oder nur wenn wir alleine sind.«
Ich schloss meine Augen und schlief ein. Ich weiß nicht, ob Minuten oder Stunden vergangen waren, als Rose mich wach rüttelte.

»Du musst gehen, Henry«, sagte sie.

Mein Mund war trocken, der Kopf hämmerte.

»Wie viel Uhr ist es?«, fragte ich.

»Gleich acht«, sagte sie.

Ich stand auf.

»Pass auf, dass dich keiner sieht.«

Ich nickte. Als ich an der Tür war, drehte ich mich noch einmal um.

»Frohes neues Jahr, Rose.«

In der Eingangshalle waren Stimmen zu hören. Dale, Mr. Ward, die Stallburschen. Ich lehnte mich an die Wand.

»Das Sofa«, sagte Mr. Ward. Schritte. Sie gingen in den Salon.

Schnell und leise rannte ich die Treppen hinunter. Lief durch die Eingangshalle in den Salon.

»Henry«, sagte Mr. Ward und musterte mich.

»Guten Morgen«, sagte ich. »Ich dachte, ich komme schon früh, um zu helfen.«

»Wo hast du …? Du hast noch immer den Frack an«, sagte Mr. Ward argwöhnisch.

»Meine Sachen sind in Ihrem Büro, Mr. Ward. Und gestern … also …«

»Pack mit an«, unterbrach Dale mein Gestammel. Er und die zwei Stallburschen trugen ein Sofa. Ich eilte zu ihnen, dankbar, Mr. Wards Verhör zu entkommen.

Während wir Möbel schleppten, richteten die Küchenhilfen das Frühstücksbuffet her. Mein Magen knurrte. Bald sahen die Zimmer wieder so aus wie vor dem Ball.

Das Haus erwachte zum Leben. In den oberen Räumen öffneten und schlossen sich Türen.

Als Mr. Blake und zwei Offiziere erschienen, folgte ich den Stallburschen nach unten.

Auch mein Vater saß im Speiseraum der Dienstboten.

»Henry«, sagte er, »wo …«

Ich schüttelte kaum merklich den Kopf. Er verstand und fragte nicht weiter.

Ich nahm mir eine Schale Porridge und setzte mich neben ihn.

»Wo hast du geschlafen?«, flüsterte er mir zu.

»Nirgends«, sagte ich und begann zu essen.

»Hast du …« Er beendete den Satz nicht.

Ich starrte in meine Schüssel.

»Wir werden so tun, als ob das nicht geschehen ist«, sagte er.

»Es ist auch nichts geschehen.«

»Ich bin nicht dumm, Henry. Ich weiß, wo du die Nacht verbracht hast.«

»Was tuschelt ihr beiden da?«, fragte Fanny lachend.

»Ah«, sagte mein Vater, »wir tauschen gute Vorsätze für das neue Jahr aus.«

»Dann lasst mal hören«, sagte sie.

»Ich werde die Regeln ändern«, sagte ich.

»Welche Regeln?«, fragte Fanny.

»Alle.«

Mein Vater senkte den Kopf. Die Küchenhilfen lachten.

10

Post von Cooper

Regen platschte auf das Dach des Schuppens. Wasser drang durch sämtliche Ritzen, und der Wind heulte. Ich wartete schon über eine Stunde auf Rose. Sie konnte mich nicht wieder versetzen. Wir hatten ausgemacht, uns jeden Tag vor dem Abendessen hier zu treffen. Aber sie war weder gestern noch vorgestern erschienen.

Ich saß auf einem umgedrehten Metalleimer. Ich wollte schreien oder irgendwas kaputt machen. Die Unruhe in mir rauslassen. Doch der Schuppen war unser letztes Versteck, und falls – was bei diesem Wetter zwar unwahrscheinlich war – jemand vorbeikommen und mich hören würde, wäre auch dieser Ort verloren.

Ich fluchte leise vor mich hin, beschimpfte Rose.

Dann ging die Tür auf. Sie trug ein gewachstes Regencape, das bis zum Boden reichte.

Meine Wut verflog sofort. Ich sprang auf und umarmte sie.

»Warte«, sagte Rose, »lass mich das nasse Ding ausziehen.«

Sie streifte das Cape ab. Ich zog sie an mich, küsste sie mit einer Leidenschaft, die an Verzweiflung grenzte.

Ich konnte nicht von ihr ablassen. Zog sie fester und fester an mich. Sie versuchte, sich aus meiner Umarmung zu befreien. Wand sich, presste ihre Hände gegen meine Brust.

»Henry. Hör auf. Du tust mir weh.«

Ich ließ sie sofort los. »Entschuldige. Ich … Entschuldige.«

»Was ist denn los mit dir?«

»Wo warst du gestern?«, fragte ich. »Und vorgestern?«

Sie setzte sich auf den Eimer. »Ich konnte nicht weg. Ich musste Klavier spielen für ein paar Amerikaner, und als ich gehen wollte, haben sie mich um eine Zugabe gebeten. Und mein Vater war auch da. Was hätte ich denn machen sollen? Und am nächsten Tag kamen sie wieder. Ich … ich konnte nicht weg, Henry. Für dich ist es einfacher.«

Ich hockte mich auf den kalten Boden.

»Es ist nicht einfacher«, sagte ich. »Vielleicht ist es mir nur wichtiger.«

Ich wollte, dass sie mir widersprach, mir versicherte, dass ihr unsere Treffen genauso viel bedeuteten wie mir.

Aber sie sagte nur: »Ach, Henry.«

»Ach, Henry, was?«, gab ich zurück.

»Willst du die wenige Zeit, die wir haben, streiten?«

Ich schüttelte den Kopf.

Rose legte ihre Hände auf meine Schultern.

»Na also«, sagte sie und küsste mich.

Am nächsten Tag schien die Sonne, und Rose war schon da, als ich den Schuppen betrat.

»Du bist vier Minuten zu spät«, sagte sie und lachte.

Sie erzählte mir, dass Cooper geschrieben hatte. Einen Brief an seine Eltern und einen an Rose.

»Er ist in Griechenland. Er scheint wirklich gern Soldat zu sein. Er wird ständig befördert und hat alle möglichen Auszeichnungen bekommen. Ich hätte gedacht, er würde nicht klarkommen. Jetzt macht er Liam den Platz als Lieblingssohn streitig. Du solltest Papa hören …«

»Ich vermisse ihn«, sagte ich.

»Oh, er lässt dich grüßen. Warte …« Sie zog den Brief aus der Tasche ihres Kleides und las: »Grüß Henry von mir. Sag ihm, dass Ally einen anderen heiratet. Und dass es sie wirklich gegeben hat.«

Rose sah mich an. »Wer ist Ally?«

»Ach, niemand. Nur ein Lied. Meine Mutter hat es immer gesungen. Und ich … ich konnte mich nicht daran erinnern, wie es ausgeht.«

Ich versuchte, mir nicht anmerken zu lassen, wie sehr es mich traf. Es fühlte sich an wie ein schlechtes Omen.

»Sing es mir vor«, sagte Rose.

»Ich weiß ja nicht, wie es geht … nur eine Zeile.«

»Dann sing die eine Zeile, bitte.«

»Außerdem kann ich nicht singen.«

»Ach komm, Henry, bitte.«

Und so begann ich: »Will you marry me, dear Ally, Ally Croaker? Will you marry me, dear Ally, Ally Croaker?«

Rose' Lippen zitterten. Zuerst dachte ich, sie würde weinen, aber dann sah ich, dass sie sich bemühte, ein Lachen zu unterdrücken. Also sang ich weiter mit sehr ernster Miene. Bis auch ich es nicht mehr aushielt und laut loslachte.

»Du kannst wirklich nicht singen«, sagte sie.

11

Rose' Ring

Sie war außer Atem und zu spät. »Rate, wo ich morgen hinfahre!«

»Was?«, fragte ich.

»Rate.«

»Was soll ich raten?«

»Ach, du kommst sowieso nie drauf. Auf dem Luftwaffenstützpunkt gibt es einen Tennisplatz. Und morgen fahr ich hin. Wayne Simon, ein Pilot ... er ist Tennisspieler. Ein richtiger Tennisspieler, ein Profi. Vor dem Krieg. Und ich darf hin, und er wird mit mir spielen.« Sie sah mich erwartungsvoll an. »Warum sagst du denn nichts?«

»Was soll ich denn sagen?«

»Dich für mich freuen.«

»Ich freue mich für dich«, sagte ich kalt.

Sie schüttelte den Kopf. »Du bist echt ...«

»Was bin ich?«

»Ich würde mich für dich freuen«, sagte Rose bestimmt.

»Und dein Vater erlaubt das?«, fragte ich.

»Ja. Er kommt mit.«

»Soll ich mich auch für ihn freuen?«

Rose legte ihre Arme um mich. »Du darfst nicht so eifersüchtig sein. Das steht dir nicht.«

»Ich bin nicht eifersüchtig! Es ist nur …«

Ich suchte nach den passenden Worten. Natürlich war ich auch eifersüchtig. Aber mehr noch war es das Gefühl, nutzlos zu sein. Machtlos. Ich hatte keinen Tennisplatz, konnte nichts dazu beitragen, dass der Krieg ein Ende fand. Ein düsterer Schuppen war alles, was ich Rose bieten konnte.

»Ich freue mich für dich«, sagte ich aufrichtig. »Ich vermisse dich halt.«

Sie lachte. »Ich bin doch hier.«

»Aber morgen …«

»Morgen nicht, aber übermorgen und überübermorgen und danach und immer.«

»Dann werde ich morgen in den See springen und nach deinem Ring suchen. Ich habe ein gutes Gefühl. Morgen finde ich ihn.«

»Henry«, sagte sie. »Der Ring … Ich habe ihn gefunden.«

»Im See?«

Sie schüttelte den Kopf. »In meinem Zimmer.«

»Wann?«, fragte ich.

»Vor … vor drei Jahren«

»Vor drei Jahren? Warum hast du nichts gesagt?«

Rose lächelte. »Ich … ich fand es schön, dass du dich so bemüht hast. Sei nicht sauer.«

»Bin ich nicht. Ich fühle mich nur wie ein Trottel.«

»Nein!«, sagte sie. »Jedes Mal, wenn du hinabgetaucht bist, war ich … also, habe ich mich … Du hast es für mich getan. Und dann … also, eigentlich wollte ich ihn in den See werfen, damit du ihn finden kannst.«

»Dann hätte ich mich noch mehr wie ein Trottel gefühlt.«

»Ich hätte es dir nie verraten.«

»Und warum jetzt? Warum erzählst du mir das jetzt?«

Sie zuckte mit den Schultern. »Tut mir leid.«

»Ist gut«, sagte ich. »Also morgen schlägst du alle beim Tennis, ja? Auch diesen Profi.«

»Ja. Und übermorgen erzähl ich dir, wie es war.«

»Gut. Und ich … ich denke morgen an dich und freue mich für dich. Weil eines Tages ist der Krieg vorbei. Du wirst eine berühmte Tennisspielerin sein und ich der Gärtner von Blake Hall. Ich werde dir zusehen, wenn du Wimbledon gewinnst. So wird es sein.«

»So wird es sein«, sagte Rose.

Wir küssten uns zum Abschied.

12

Abschied von Blake Hall

Es war das Jahr 1943. Ich war achtzehn. Mein letzter Tag in Blake Hall. Wir versteckten uns nicht, sondern trafen uns an unserem Baum.

Der einst dichte Wald, der die Esche umgeben hatte, war größtenteils abgeholzt. In seiner Einsamkeit wirkte der Baum noch größer und prächtiger als zuvor. Rose lehnte am Stamm. Sie trug ein grünes Kleid. Ihre Haare fielen offen über ihre Schultern.

Ich nahm ihre Hände. Einen Moment lang sahen wir uns schweigend an.

»Du wirst zurückkommen, Henry«, sagte sie. Es klang wie ein Befehl.

»Natürlich«, sagte ich.

»Wann musst du los?«

»In einer Stunde.«

Wir küssten uns viele Male. Ich wusste noch immer nicht, was Rose und ich waren. Ein Paar oder nur Freunde?

Letzte Nacht hatte ich ihr einen Brief geschrieben, der in meiner Hosentasche steckte. Ich war mir nicht sicher, ob ich ihn ihr tatsächlich geben würde.

»Hast du Angst?«, fragte sie mich.

»Wovor?«

»Vor dem Krieg.«

»Ein bisschen. Ich kann mir nicht richtig vorstellen, wie es sein wird.«

»Ich hätte Angst. Vor … na ja … zu sterben.«

»Ich werde nicht sterben«, sagte ich bestimmt. Ich war mir sicher, zu hundert Prozent sicher, dass ich nicht in diesem Krieg sterben würde.

»Das ist die richtige Einstellung«, sagte sie. »Sei vorsichtig. Sei … Ach Henry, was soll ich dir raten? Was soll ich dir wünschen?«

»Glück«, sagte ich, »wünsch mir Glück.«

Sie lächelte und nickte. »Das Beste, was ich dir wünschen kann, ist Glück.«

Dann war es Zeit. »Soll ich dich noch zum Cottage bringen?«, fragte Rose.

Ich schüttelte den Kopf, deutete auf meine Tasche.

»Ich habe mich schon von allen verabschiedet. Im Dorf holt mich ein Bus ab.«

»Ich begleite dich.«

»Nein. Ich … Bleib hier stehen. Und ich werde mich noch ein paarmal umdrehen. So wie du hier vor unserem Baum stehst, so werde ich dich in Erinnerung behalten, bis wir uns wiedersehen.«

Ich nahm meine Tasche.

»Warte auf mich, Rose.«

»Das werde ich.«

»Und wenn ich zurück bin, dann …«

»Dann?«

»Wimbledon«, sagte ich.

Rose nickte. Sie verstand.

»Bis bald.«

»Bis bald, Henry.«

Ich griff in meine Hosentasche und zog den Brief heraus.

»Für mich?«, fragte Rose.

»Ja.« Ich reichte ihr den Brief, sie wollte ihn sofort aufmachen. »Warte. Lies ihn erst, wenn ich weg bin. Ganz weg. Heute Abend, ja?«

»Ja.«

»Versprochen?«, fragte ich.

»Versprochen«, sagte sie.

Ich marschierte los, drehte mich immer wieder um. Bis sich das Bild, Rose in dem grünen Kleid, fest in mein Gedächtnis eingeprägt hatte. Ich wusste, dass sie sich nicht an ihr Versprechen halten, sondern den Brief aufmachen würde, sobald ich außer Sichtweite war. Deshalb beschleunigte ich meinen Schritt und rannte, damit sie mich nicht einholen würde, wenn sie meine Zeilen gelesen hatte.

Ich wollte das letzte Wort haben an diesem Tag.

Ich sah Rose vor meinem inneren Auge, das Blatt in beiden Händen haltend.

Liebe Rose,

ich habe es dir nie direkt gesagt. Ich liebe dich. Wenn ich zurückkomme, werde ich dich fragen, ob du mit mir zusammen sein willst. Eine Zukunft haben. Heirate mich, Rose. Du bist alles.

»Hätt ich des Himmels reich bestickte Tücher,
bestickt aus Golden- und Silberlicht,
die dunklen, die blauen und die hellen Tücher,
aus Nacht, aus Tag und aus der Dämmerung,
legt' ich die Tücher dir zu Füßen.
Doch ich bin arm und habe nichts als Träume,
so leg ich meine Träume dir zu Füßen.
Tritt leise, denn du trittst auf meine Träume.«

Dein Henry

Ich habe Rose nie wiedergesehen.

I

Der große Brand

Draußen dämmerte bereits der nächste Morgen.

»Was ist geschehen?«, fragte ich atemlos.

Henry stand auf, verließ das Zimmer und kam mit einer braunen Holzkiste zurück, etwas größer als ein Schuhkarton. Er öffnete den Deckel und reichte mir einen vergilbten Zeitungsartikel.

Der große Brand, lautete die Überschrift.

Blake Hall … niedergebrannt … 29 Tote.

»Ist Rose in dem Feuer gestorben?«

»Nein. Sie hat überlebt. Als Einzige der Familie Blake. Cooper und Liam sind beide schon 1944 gefallen. Kurz nach dem Ende des Krieges ist das Feuer ausgebrochen. Mr. und Mrs. Blake und auch mein Vater sind in den Flammen umgekommen.«

»Und wo waren Sie?«

»In Frankreich. In einem Krankenhaus. Fast vier Monate. Die Ärzte haben nicht geglaubt, dass ich überleben werde. Ich hatte eine schwere Kopfverletzung. Ich habe keinerlei Erinnerungen an diese Zeit. Aber dann, im Juli, verbesserte sich mein Zustand. Schließlich wurde ich entlassen und machte mich auf den Weg zurück nach England. Ich wusste nichts von dem Feuer. Als ich in Blake Hall ankam … es war unwirklich. Die Grundmauern standen noch. Mehr nicht. Alles war verschwunden. Auch die Cottages, die Ställe, unser Baum, verschwunden. Im Dorf traf ich Kitty, die Küchenhilfe. Sie hat mir alles erzählt. Kitty hat mir später auch die Fotos zugeschickt.« Er deutete auf die Wand hinter sich. »Die Ursache des Brandes wurde nie gefunden.«

»Und Rose?«, hakte ich nach.

»Sie hat einen Piloten geheiratet und ist mit ihm nach Amerika gegangen. Unmittelbar nach dem Brand.«

»Haben Sie versucht, Rose zu finden?«, fragte ich.

»Nein … Ich … ich habe gehofft, dass sie zurückkommen wird. Ich habe auf sie gewartet. Bis … bis … Immer. Ich dachte, eines Tages würde ich sie in Wimbledon sehen. Auf dem Platz oder auf den Zuschauertribünen. Es war der einzige Ort, der … Ich dachte, eines Tages würde sie kommen.«

»Deshalb sind Sie der Gärtner von Wimbledon geworden?«, fragte ich.

Henry nickte.

»Jedes Jahr im Juni durfte ich hoffen. Zwei Wochen lang. Die Tage vor dem Turnier verbrachte ich in einer Art Trance. Meine Gedanken wanderten nach Blake Hall. Es fühlte sich immer an wie … wie das Erwachen aus einem langen Schlaf, und die Vergangenheit erwachte mit mir.«

»Und Rose ist nie gekommen?«

»Nein. Einige Male habe ich jemanden entdeckt, der ihr ähnlich sah … Aber das war alles.«

»Warum haben Sie ihr nie geschrieben?«

»Was hätte ich ihr schreiben sollen? Sie wusste, was ich sie fragen wollte, nach dem Krieg. Sie hat einen anderen geheiratet. Wie Ally Croaker.«

»Aber Sie haben nicht aufgehört zu hoffen?«

Henry lächelte traurig und schüttelte den Kopf. In diesem Moment sah er aus wie ein kleiner Junge.

»Gab es nie eine andere?«

»Doch. Ich habe versucht, Rose zu vergessen. Mit ihr und der Vergangenheit abzuschließen. Doch jedes Mal, wenn ich mit einer anderen Frau zusammen war, habe ich an Rose gedacht.«

»Was haben Sie gemacht, bevor Sie nach Wimbledon kamen?«

»Stallbursche, Schlachter, Maurer. Schließlich habe ich eine Anstellung als Gärtner gefunden. Ein Herrenhaus, nicht allzu weit von Blake Hall. Eine Stunde mit dem Auto. Ich bin noch oft hingefahren. Aber Blake Hall gab es nicht mehr, niemand würde zurückkehren. Der einzige Ort, der …«

»Wimbledon«, sagte ich.

Henry nickte.

»Mr. Kent, mein Arbeitgeber, der Besitzer des Herrenhauses, hat mich empfohlen, als der All England Lawn Tennis and Croquet Club einen Gärtner suchte. Und so bin ich der Gärtner von Wimbledon geworden.«

Wir schwiegen eine Weile. Wahrscheinlich dachte er an Rose, während ich überlegte, ob ich jemals einen Menschen treffen würde, auf den ich ein Leben lang warten würde.

Ob das die Liebe ist, die Liebe, über die man Gedichte

und Lieder schreibt. Die nie ganz sein darf, dem Alltäglichen entrückt, der Zeit entkommen.

»Ich bin sehr müde«, sagte Henry.

»Oh ja … ich … Dann gehe ich jetzt.«

»Wie kommen Sie nach Hause?«

»Mit der Bahn«, sagte ich.

»Oh nein. Bitte, darf ich Ihnen ein Taxi rufen?«

»Nein. Ich … Im Moment bin ich pleite.«

»Ich bezahle.«

»Nein. Das …«

»Keine Widerrede«, sagte Henry. Er lächelte und drückte meine Hand.

Während der Fahrt spielte sich alles wie ein Film vor meinem inneren Auge ab. Ich konnte den Schlammsee sehen, das Haus. Rose und Henry im Geisterzimmer. Ich hörte ihre Stimmen. Ich spürte ihre Haare im Wind, während sie mit Henrys Fahrrad über das Gelände von Blake Hall fuhren. Ich holte mein Notizbuch aus der Tasche und schrieb Edgar sein Porträt über den Gärtner von Wimbledon, über die Länge des perfekten Rasens und seine Pflege. Dass das nicht alles sein konnte, war mir sofort klar.

Als ich zu Hause war, rief ich Henry Evans an. Ich war mir sicher, dass auch er nicht schlafen konnte.

»Darf ich Ihre Geschichte aufschreiben?«, fragte ich.

Er lachte.

»Das ist das Einzige, was ich kann. Über die Liebe schreiben«, sagte ich.

»Na dann«, sagte er. »Ich bin gespannt.«

»Ich werde den Roman ›Der Gärtner von Wimbledon‹ nennen.«

»Gut«, sagte er.

»Danke«, sagte ich.

»Wofür?«

»Dass Sie mir Ihre Geschichte erzählt haben.«

»Es war mir ein Vergnügen, junge Dame. Vielleicht … vielleicht können Sie mir ja ein glückliches Ende schreiben.«

2

Der Gärtner von Wimbledon

Das Buch verkaufte sich gut. Ich war nicht mehr ganz so pleite. Ich bin in eine neue Wohnung gezogen und schreibe wieder meine Kolumne. Wenn Leute fragten, was ich mache, sagte ich, Autorin. Eine Antwort, die keiner Rechtfertigung bedurfte.

Während ich das Buch geschrieben habe, haben Henry und ich oft telefoniert. Und einmal die Woche habe ich ihn besucht. Wir sind Freunde geworden. Er war der Erste, dem ich das fertige Manuskript zum Lesen gegeben hatte.

»Habe ich deinen Segen?«, hatte ich ihn gefragt.

»Ja«, hatte er gesagt.

Ich saß an meinem Schreibtisch, trank Kaffee und werkelte an der Kolumne herum, als das Telefon klingelte.

»Ich bin's, Henry. Hast du heute Zeit? Ich möchte dir etwas zeigen.«

»Gern.«

Wir trafen uns in einem Café. Ich saß bereits an einem Tisch, als er hereinkam. Er hielt einen Brief in der Hand.

»Hier«, sagte er.

Ich öffnete den Umschlag.

Lieber Henry,

wo soll ich beginnen?

Ich habe mich an mein Versprechen gehalten und deinen Brief erst am Abend gelesen, als ich allein in meinem Zimmer war.

Ich habe dich auch geliebt, Henry. Sehr geliebt. An diesem Abend habe ich beschlossen, dass ich dich heiraten werde, wenn du zurückkommst. Ich wollte nicht den gleichen Fehler machen wie Ally Croaker.

Als die Nachricht von Coopers und dann die von Liams Tod kam, habe ich mich meiner Mutter anvertraut. Ich habe ihr gesagt, dass ich Henry Evans, den Sohn des Gärtners, heiraten werde. Und dann – es war im April 1945 – sagte man mir, dass du tot wärst. Im Kampf gefallen. Ich weiß nicht mehr, wer mir die Nachricht überbracht hat. Meine Mutter, mein Vater, beide.

Ich habe wochenlang geweint. Als der Krieg endlich vorbei war, war meine Freude getrübt. Schließlich hatte dieser schreckliche Krieg mir meine Brüder und den Mann, den ich heiraten wollte, genommen.

Als dann Blake Hall niederbrannte, hatte ich nichts mehr. Kein Zuhause, keine Familie. Buff Loren, ein amerikanischer Pilot, hat um meine Hand angehalten. Ich habe Ja gesagt. Es schien mir die einzige Möglichkeit, vielleicht noch einmal glücklich zu werden. Weit weg von England. Ein neues Leben zu beginnen. Ich bin nie wieder zurückgekehrt und habe nie wieder einen Tennisschläger in die Hand genommen. Tennis gehörte zu meinem alten Leben. Erinnerte mich zu sehr an Blake Hall. Und an dich. Beides glaubte ich verloren. Ich konnte mir nicht einmal ein Tennisturnier im Fernsehen anschauen. Der Sport, den ich einst so geliebt hatte, machte mich traurig. Unendlich traurig.

Buff war ein guter Ehemann. Ich habe ihn sehr geschätzt, ihn lieb gehabt, aber nie geliebt. Kein Tag ist vergangen, an dem ich nicht an dich gedacht habe. Und bereut, wie ich dich manchmal behandelt habe. Ich war eine kleine Egoistin, aber ich habe immer gewusst, dass du der eine, der Richtige bist.

Buff ist vor drei Jahren gestorben. Vor einigen Monaten wurde bei mir Krebs diagnostiziert. Er hat bereits gestreut. Meine Nichte und ihre Familie kümmern sich liebevoll um mich. Sie lesen mir vor, weil ich zu schwach bin, um selbst zu lesen.

Der Gärtner von Wimbledon …

Ich wusste nicht, ob ich träume, halluziniere, während ich deine Geschichte, unsere Geschichte hörte. Meine Nichte hat ein wenig für mich recherchiert. Henry Evans lebt. Mein Henry ist der Gärtner von Wimbledon. Und er hat mich geliebt, so wie ich ihn geliebt habe. Das ist mehr, als ich mir je hätte erträumen können.

Meine Tage sind gezählt, mein lieber Henry. Ich weiß nicht, wie viel Zeit mir noch bleibt, und doch spüre ich, dass es nicht mehr viel sein wird.

Behalte mich in Erinnerung. Das Mädchen, die junge Frau, die ich einst war.

Deine Rose

Ich sah Henry an.

»Du musst hinfahren. Sie sehen. Sie …«

»Sie ist tot«, sagte er. »Gestern habe ich den Brief bekommen. Und … Der Absender … Ich habe die Telefonnummer herausbekommen und angerufen. Die Nichte, sie heißt Jules, hat mir … Rose ist vor vier Tagen gestorben.«

Ich schluckte. »Es tut mir … Es tut mir so leid«, sagte ich.

Er schüttelte den Kopf. »Vielleicht ist das das einzig glückliche Ende, auf das ein alter Mann hoffen kann:

Er wurde geliebt. Der Gärtner von Wimbledon wurde geliebt.«

Jane Crilly

Jane Crilly, geboren 1972 in einem kleinen Städtchen in Südengland, wollte schon früh ihre Heimat hinter sich lassen. Vorfreudig hat sie ihre Au-pair-Zeit in Paris herbeigesehnt, um dann bitter enttäuscht zu werden: von der schrecklichen Gastfamilie und ihren noch schrecklicheren Kindern. Trost gespendet hat allein die *pâtisserie*, die sie durch das vielleicht einsamste Jahr ihres Lebens getragen hat. Später studierte Crilly mit deutlich mehr Begeisterung Kunstgeschichte und arbeitete in verschiedenen Galerien. Ihr größte Leidenschaft gilt allerdings der Literatur, ihre Lieblingsautorin ist Nancy Mitford. Lange schrieb Crilly nur für die Schublade, *Der Gärtner von Wimbledon* ist ihr erster Roman. Heute lebt Crilly mit ihrer Englischen Bulldogge Headache und ihrem Mann in einem Dorf zwischen London und Cambridge.